CONS TELAÇÕES HIPÓ CRITAS

2ª edição

Denise Crispun

Para Léa, minha mãe.

A árvore torna-se
diferente quando se vê
o bosque por inteiro.

Tomei uma decisão
arriscada, vou
suspender o tempo,
pelo menos por aqui...

DENISE CRISPUN

O amor pode tudo, mas
não ergue os mortos.

EMILY DICKINSON

Primeiro movimento

A idade começa a pesar pelos pés, as pernas cansadas que não obedecem. O que não a impede de caminhar todos os dias. O truque é diminuir os percursos. Vai chegar o dia em que fará apenas um semicírculo no canteiro de pedras que circunda o jardim, mas ainda não é hora de pensar nisso.

Ontem mesmo, ao se abaixar para pegar uma sacola de compras que lhe escapou das mãos, um gesto simples, rotineiro, sentiu a perna enfraquecer. Sabe que esses leves tremores não irão lhe abandonar. Sente a raiva e a surpresa de ter o corpo aprisionado por esses pequenos tremores, uma falha geológica que rompe um bloco de rochas da superfície e provoca o deslocamento de sua camada superior. O acúmulo de energia é um dos fatores responsáveis pela ocorrência dos tremores. As causas podem ser externas ou internas. As externas são mais raras, causadas por um evento de grande impacto. Um desabamento que ocorre quando as forças de movimentação dessas placas acumulam-se a ponto de superar a capacidade de resistência e a coesão das rochas. É um processo lento e de difícil visualização. Mas acontece todos os dias, gradativamente, até que chega o terremoto.

A prótese do joelho faz parte de sua identidade quando se apresenta para uma consulta médica. O mau humor com as perguntas é consequência desse estranhamento visto por seres bizarros: os jovens médicos, incapazes de compreender o deslocamento das camadas tectônicas. Um indicador de que a prótese, ainda que bem ajustada, é um corpo estranho dentro de um corpo que teima em aceitar as perdas. Não gosta de falar em perdas. Já perdeu um filho e guarda a cicatriz, um relevo na pele, imperceptível.

Prepara uma exposição e irá estourar o prazo de entrega. Fotografa árvores e isso a envolve numa pesquisa particular, onde o que sente é mais importante do que o que vê. Sonha com o Jatobá, a Sibipiruna, a Magnólia, o Ipê de flores arroxeadas, um Salgueiro chorão. Sonha também com o raio que se impõe, rasga o céu e derruba o que encontra pela frente.

Está com as malas prontas para a próxima viagem. O que não tem certeza se levará segue espalhado sobre a cama. Camisetas, calcinhas, calça leve para caminhar, um conjunto mais formal para um eventual jantar, uma capa de chuva ainda com a etiqueta de compra, um par de galochas para substituir a velha companheira de marchas, livros que talvez nem leia, mas que lhe trazem conforto e evitam conversas com desconhecidos curiosos nos parques ou nos cafés que vai conhecer. Não precisa de maquiagem, leva as amostras do hidratante que ganha na dermatologista. Não lembra mais a última vez que levou absorventes na mala. Confere os mapas com cuidado e, enquanto descarta de vez o que não levará, reconhece que precisa de menos coisas do que de costume. A mala seguirá mais leve, e ela também.

Para onde? É a pergunta que deixa no ar por alguns dias e com que se distrai, traçando possibilidades até escolher o destino. As viagens de avião exigem uma preparação mais rigorosa, mas isso não a impede de se deixar levar ao sabor do vento, assim que pisa em solo desconhecido.

Embora avessa às recordações, tem guardado o canhoto da primeira passagem de ônibus que comprou para a Bahia. Numa época remota, era mais fácil desaparecer. Nem sempre se pedia a identidade do passageiro. Tomou gosto e construiu a vida intercalando pausas e desafios ao se deslocar. E não se arrepende. Com a idade, entende que o peso das perdas é relativo, elas acontecerão em algum momento, inevitáveis.

9

O terremoto

Então ela vai. Sabe o que vai acontecer. Já aconteceu outras vezes e, ainda assim, insiste. É uma busca que nunca se completa. Não tem lembranças, apenas um oco no ventre, cicatrizado. Dá a partida na velha Toyota, acelera, dirige na madrugada. Até que uma fisgada lancinante interrompe a viagem. A dor a obriga a parar, pedir ajuda. Tem medo e muita raiva também, não há como controlar o que está avariado, não é possível descartar como um motor antigo, imprestável, é seu corpo que reclama.

No hospital, o médico, de ombros estreitos, voz anasalada e que lembra a fuinha que esburacou o forro do sótão de sua casa, enrola o estetoscópio nas mãos, avalia e examina. Sara não aceita, se debate. Uma enfermeira tenta intervir, mas é rejeitada com um gesto brusco. Outro enfermeiro aparece e, enquanto prepara a injeção, o médico passa os olhos no protocolo e revela o diagnóstico.

"Não há nada que não possa ser corrigido", ele diz, "porém temos aí uma bela infecção. Está me acompanhando? Sara?" Nome de uma tia querida. "Então, dona Sara, é preciso retirar a prótese para realizar uma revisão em dois tempos, com a colocação de uma prótese com antibiótico, associada ao uso de medicamentos por três meses, até que possamos colocar uma nova. Em todo caso, vou pedir uma análise do sangue e do líquido sinovial".

Já sob o efeito da anestesia, Sara sente o golpe e deixa fluir, nas gotas de suor expelidas pelo corpo retesado, o pavor do desconhecido. As luzes piscam com mais intensidade, ela escuta o médico orientar a limpeza da lesão, mas escuta também o barulho dos sapos que ouvia do seu quarto de adolescente e ri, mais relaxada, pois essas férias sim foram boas, ela e o irmão dando nomes aos sapos, dividindo um baseado no quarto dos empregados. Os cogumelos escondidos no freezer, tanta coisa acontecendo ao mesmo tempo, as melhores férias do mundo, quando tudo era mais leve, antes da derrapada, quando sentiu a barriga crescer, e o terremoto. Agora para onde?

11

Perigo de queda

Esperar o resultado do exame para quê? Ri da própria figura ao passar pelo saguão, a capa de chuva encobrindo a camisola do hospital. Invisível, ninguém a interpela. Não é uma fugitiva. O médico a chamaria de irresponsável, mas não seria a primeira vez. Já no estacionamento, Sara arranca a pulseira de identificação onde o "perigo de queda" está sublinhado em amarelo. "Caímos muito e temos dificuldades para ler", disse para si, enquanto procura as chaves do carro. Tombos de macas são mais comuns do que se supõe, assim como os acidentes no chuveiro. Enquanto isso, os hospitais encobrem os hematomas e tratam a velhice como doença, reflete. Está decidida a não operar. Não por enquanto. Sabe administrar os remédios, aprendeu a se defender de uma dor. Tem outras urgências. As viagens anteriores eram uma rota de fuga, a prótese inflamada e o que se anuncia para o futuro ajudam na decisão. Vai procurar o filho.

Anotações de viagem

Uma noite pode durar uma eternidade, ela anota no caderno de viagens. Um moleskine preto que comprou quando visitou a casa de Kafka em Praga, reservado para uma ocasião especial. Desmarcou os compromissos e está feliz com sua passagem só de ida, vai viajar na velha Toyota. A carteira continua vencida, mas isso é detalhe. O importante é o deslocamento.

O diagnóstico sem esperanças é um alívio, um limite em suas interrogações. Sempre gostou de trabalhar com prazos. De imaginar o comprimento dos galhos de uma árvore e a altura das paredes. É assim que trabalha e pensa as fotografias. Os remédios que toma têm prazo de validade, a natureza também. Sai de madrugada cantando pneu da garagem de sua casa, mas dá a ré. Vai deixar um envelope na porta do vizinho. São amigos, mesmo sem se falar. É assim que ela funciona.

Comprou um vestido azul para usar numa ocasião especial. Vai encontrar um desconhecido. Está levando uma mala de dinheiro, prometeu uma recompensa a quem soubesse algo sobre o filho. Está decidida a encontrá-lo. Diana, a caçadora, é o pseudônimo que ela usa na internet.

Ao entrar no bar, ela escolhe um lugar no balcão ao lado da mulher de cabelos vermelhos, que dividia uma cerveja com um homem. Pede água e em seguida uma dose de gim. Está tentando compor um personagem libertário, não tem certeza se isso a ajuda ou atrapalha. Usa roupas folgadas, o cabelo rebelde preso num coque apertado. Prefere não facilitar sua identificação, caso algo não saia como o previsto. A mulher pede para ver sua identidade. Isso não estava previsto, prefere não argumentar, e entrega o documento. O gim, amargo, arranha a garganta.

Não conferiu a garrafa, pode ser qualquer destilado. Assim que o garçom vira as costas, ela é conduzida a um anexo onde um homem a aguarda. O casal inicia uma discussão. Não vê janelas, a porta se fecha. Ela se dá conta de que deixou o celular no console do carro, carregando.

Está só.
Fazer o quê?
Gritar? Como gritou quando acordou da anestesia?
Ameaçar? Com o quê?
Sente falta de ar.
Passou da hora do remédio.
Que ideia estúpida,
Descobriram sua identidade.
Na internet, tem sempre alguém mais esperto que você.
Não sabe o que fazer.
Pagaria qualquer coisa por esta informação.
Não se incomoda de morrer em breve.
Não está nem aí.
Queria antes conhecer o filho.
Está revoltada. Foi deixada sozinha no anexo.
O casal discute do lado de fora.
Queima de arquivo?
Sempre debochou, mas pode acontecer com qualquer um.
Ela é a próxima.
Um pano com éter? Filme de quinta.
Desmaia.
Não sabe que horas são.
Levaram o dinheiro, levaram a mala,
Ela acorda sem querer estar viva.

14

A previsão

Recolhe a bolsa vazia, caminha pela saída lateral e dirige-se ao estacionamento. Diante dela, um final de tarde imponente. O céu alaranjado atravessa a retina sensível, habituada à escuridão. Quanto tempo desde que eles partiram? Levaram tudo, ela nem sequer desconfiou.

Contrariada, imagina que terá que pedir emprestado o telefone de um estranho, contratar um chaveiro, fingir um roteiro de acontecimentos aleatórios, falar sem revelar, esconder o roubo, trincar a raiva. Mas, ao se aproximar, encontra a porta destravada, e a chave do carro caída no tapete do motorista. Ela agradece. Acelera, quer encontrar a Lan House aberta e vasculhar os e-mails que trocou com a mulher de cabelo vermelho. Se é que foi ela. Está arrependida, admite. Não ter computador em casa não foi uma boa decisão, mas não queria estranhos passando cabos em sua fortaleza. A informática a desnorteia, mas se está viva e ativa próxima à virada do milênio, deveria dar uma chance. Cresceu trocando cartas com as amigas, recebendo e enviando cartões-postais com breves relatos das viagens de férias e gravando fitas cassetes para os depoimentos mais pessoais. O mundo mudou, ela não. Não se acha melhor que ninguém. Ainda revela as fotos no quarto escuro, gosta do trabalho artesanal, ganha dinheiro com isso, tem mais do que o necessário para viver com conforto. Vai precisar tirar novos documentos, cancelar os cartões, trocar as fechaduras da casa. Vai se recuperar. A derrota moral incomoda, afinal, foi enganada. Não sabe como reconduzir o fio da meada, mas não será reincidente. Vai fazer de outro jeito, pra isso servem os fracassos acumulados. Ao encontrar a porta fechada, entende que é um sinal, o oráculo do dia, que chega junto com a lua crescente que desponta no céu. Está sem talão de cheque, sem cartão, mas tem crédito na cidade onde vive há muitos anos. Para diante do shopping e escolhe um modelo de computador.

A agulha no palheiro

Coloca a roupa na máquina para bater e, enquanto aguarda, checa as últimas mensagens. Quer aprender a rastrear, como o menino da Lan House que a ajudou a pesquisar as primeiras informações. Foi lá que fez o primeiro contato com Vanessa, a assistente social. Não quer alimentar esperança. Vanessa é gentil e comedida e a adverte sobre as dificuldades de um possível reencontro. Quarenta anos é um tempo considerável, mas nada é impossível. O tom pausado e assertivo da assistente é capaz de transportá-la para longe. Vanessa é um istmo, ligando um pedaço de terra à imensidão do mar. O mesmo mar que a transportou para o outro lado do mundo, quando decidiu se afastar e recomeçar, sem referências.

Metódica, Vanessa envia notícias do andamento do processo uma vez por semana, mas as frases se repetem, ainda não foi possível coletar dados suficientes, falta de testemunhas, arquivo deteriorado, falha no sistema. As frases sobrepõem-se, formando camadas arenosas que não chegam a sedimentar uma resposta plausível. As palavras se embaralham, tumultuam seu sono, evocam uma esperança difusa, que ela não consegue alcançar. A máquina de lavar apita. A roupa está seca, o coração de Sara também.

17

Círculos de fumaça

Pautada pela espera, a vida agora segue em suspenso. O trabalho se acumula. Tem uma retrospectiva marcada, e não será possível adiar. Um livro de edição limitada aguarda a seleção final do trabalho para entrar na gráfica. A curadora da galeria pede que ela aprove o convite. Todos falam em prazos. A agente que a acompanha há vinte anos, o editor, a jornalista a quem prometeu uma entrevista exclusiva, já com a capa garantida. Nada a interessa. Ela vai até o vizinho, leva uma garrafa de vinho e pergunta se podem dividir um baseado, o próximo, ela promete fornecer.

Há quanto tempo o conhece? Desde que se mudou para a antiga casa de campo dos pais, já falecidos. No início vinha para os fins de semana, mas acabou se instalando em definitivo. Não se preocupou em cultivar amizades. Olhava a única casa próxima a sua com curiosidade, mas não a ponto de se aventurar até lá. Encontrou o vizinho na cidade fazendo compras, reconheceu o carro, um jipe com o modelo parecido com o seu. O carro ajudou a quebrar o gelo entre eles. Ia à cidade só uma vez ao mês comprar provisões, entregava a lista ao dono do mercado e aguardava do lado de fora, fumando, para não ter que jogar conversa fora. Tempos depois, cruzaram-se no mercado. Descobriu contrariada que ele havia levado o último pacote de sua marca preferida. Teve que se contentar com outro, de filtro branco.

Tinha por hábito fumar na hora de selecionar as fotos, num ritual: pendurava-as no varal que instalou na sala da casa, abria as janelas e deixava que o vento fizesse a sua parte. Sentava-se, acendia o cigarro e acompanhava os círculos de fumaça envolvendo parcialmente o trabalho. Assim escolhia. Até que um dia ficou sem cigarros e foi bater na porta do vizinho. Levou um baseado e propôs uma troca.

Jogue o coração na sua frente e corra para pegá-lo

Quem pode criar uma rocha que não se pode erguer? Encontrou a frase manuscrita e reconheceu a caligrafia miúda do irmão. Um dos inúmeros registros de sua fase mística. Um mergulho em busca de provas do sentido da existência. Era assim que ele gastava o tempo, despertava a ira do pai e se consumia. Aos olhos de Sara, sempre pareceu uma busca sincera, embora sem fundamento e sem perspectiva. Apesar do vento e do mau tempo que enfrentaram, o irmão queimava como uma vela, incansável. Cada vez mais só. Foi assim que escolheu viver. Durante alguns anos foram companheiros, dividiram afetos e dificuldades. Mesmo à distância, permaneceram unidos, desviando das pedras soltas do mesmo terremoto familiar.

Quando Fred nasceu, Sara havia completado quatro anos e nunca mais teve outra festa igual. Agora eram dois para dividir o bolo de aniversário. Nasceram no mesmo mês, com poucos dias de diferença um do outro. Aos cinco anos, Sara ouviu falar que o irmão nasceu com a ajuda de um fórceps. Na primeira vez que escutou essa palavra, achou que o fórceps fosse um homúnculo de quinze centímetros, forjado em metal resistente, que obrigou o irmão a sair de dentro das misteriosas entranhas de sua mãe. Essa visão a perturbou durante muito tempo. Já adolescente, achou que o fórceps era a desculpa perfeita para o irmão, sorumbático, que volta e meia deixava escapar: não queria ter nascido. O desgosto do pai era visível. Já a mãe não se alterava, pelo contrário. Comprometida até o osso em fazer do filho um vencedor, conseguiu com isso piorar sua jornada, potencializando as neuroses do caçula. Subornou professores, comprou o afeto dos colegas, ignorando a filha, que começou a ter o hábito de arrancar os próprios cabelos ao se sentir preterida. Não havia muito a fazer, Fred era um ser raro, diferente das outras crianças com quem conviveu. Nasceu com a vocação para ser infeliz.

Sem conseguir dormir, enfrentando os documentos da família que encontra misturados às fotografias que nunca se preocupou em organizar, Sara se depara com um retrato, ela e o irmão, na praia do Leblon, na época um areal. Fred não sabia nadar. Ignorando a bandeira vermelha, Sara obrigou-o a entrar na água dizendo que, com as palavras mágicas certas, ele iria flutuar.

Em outro registro, Sara revê a casa na serra, no alto da colina. Foi lá que Fred tentou se afogar, no riacho da casa vizinha, sem sucesso. Havia outras, flagrando momentos felizes. Sara e Fred, usando roupas de safári, explorando o bosque ao redor da propriedade onde encontraram cogumelos cor de laranja no oco de um salgueiro partido, já em decomposição. A árvore, mesmo tombada, se impunha, misteriosa. Sara não resistiu e decidiu experimentar. Convocou o irmão e preparou um chá. Escondidos na cozinha, de madrugada, beberam juntos, dividindo a mesma xícara de ágata branca que, com o efeito do chá, tornou-se multicor. Naquele momento construíram uma intensa conexão. Sem disputas, sem mágoas, um encontro alucinado e revelador. Saíram atrás do rastro da lua, coisa rara para Fred, que vivia encapsulado no quarto e em seus pensamentos.

Enquanto Sara contestava e era punida, Fred sucumbia à própria inércia. Quando pequeno, inflado pela mãe, chegou a vislumbrar para si um futuro de conquistas, mas não tinha iniciativa suficiente para enfrentar os valentões da escola. A mãe insistiu no violino. Fred desafinava, mas com uma boa divulgação e os melhores professores a peso de ouro, quem sabe? O pulso quebrado numa briga no pátio da escola dissolveu o sonho de um futuro musical. Obstinada, a mãe logo tratou de inventar outra ocupação: seria engenheiro de cálculos como o pai. O escritório que o aguardava para o futuro já estava sendo redecorado em tons de azul. Porém.

Sara saiu de casa antes das brigas, da cortina queimada, da chegada dos bombeiros. Não acompanhou o nascimento de Fred, o revoltado. Sorumbático, raivoso, Fred perdeu o apetite, não tinha fome de nada, mas devorava os cogumelos cor de laranja da floresta onde se perdeu de vez.

Histórias cruzadas

O processo foi aberto, temos um protocolo, diz Vanessa. Junto com o protocolo, há também um questionário a ser preenchido. Às perguntas, ela não tem como responder. Peso da criança ao nascer? Alguma marca de nascimento? Nome do médico que a atendeu? Sara não reteve essa informação, o bebê foi levado e daí em diante nada foi dito sobre o assunto. Nem ela perguntou. Mas a indicação preciosa, que veio junto à primeira pesquisa, traz algumas possibilidades. Sara lembra-se da longa viagem de carro e do nome do lugar onde pernoitaram. No computador, descobre uma cidade, no interior da Bahia, com um relato semelhante, uma mãe em busca de uma filha, um teste de DNA, um conto de fadas urbano, e é nesse conto que ela aposta. Mala leve, CDs escolhidos, música para a estrada e no porta-luvas, uma cartela de anti-inflamatórios.

Porém, antes de partir, ela recebe um telefonema da agente, avisando que dez trabalhos da exposição foram destruídos. A porta traseira do caminhão da transportadora abriu e um carro passou por cima da caixa que havia tombado. Pressionada, Sara se compromete a tirar novas fotos na estrada e enviar os negativos de onde estiver. Desliga antes de ouvir qualquer comentário contrário à sua decisão.

No reino da escuridão também se fotografa

Tudo pode desaparecer em instantes, junto com os significados que foram ficando pelo caminho. As fotografias ajudaram-na a se colocar no mundo, dissolver parte da raiva, neutralizar as mágoas que carregava. A primeira vez foi quase ao acaso. Começou clicando pessoas comuns surpreendidas em sua intimidade. Personagens solitários eram seus alvos favoritos, sempre havia algo de diferente em cada desconhecido que flagrava nas ruas e nos cafés onde procurava modelos anônimos. Pouco depois, participa de uma coletiva e é incentivada pelos organizadores a continuar. Uma profissão adequada para quem apostou no desapego e na transitoriedade. O trabalho fala por ela, não é necessário explicar demais, nem criar laços.

Descobriu as paisagens quando se dispôs a dar um tempo da cidade e foi cobrir um evento no nordeste do país. O solo duro e rachado da seca, em contraste com a exuberância da mata que conhece em seguida, quando se afasta do litoral. A umidade, a potência da natureza atraem-na como um chamado, insistente e bruto. O som oco da madeira tombando no solo após uma tempestade é também um despertar.

Com o tempo, afasta-se dos retratos e encontra as paisagens. As árvores e o solo, onde criam raízes. Passa dois, três meses enfurnada na mata, apreciando, e só retorna quando esgota todos os rolos de filme que carrega nas viagens. Com os anos, faz a agenda de acordo com as chuvas. Espera estiar para retomar o trabalho. As árvores também têm uma pele que as protege. Assim como ela, a floresta depende dos subterrâneos.

23

Gengivas expostas

Quatro horas de estrada com uma parada para comprar água e abastecer. Sara pendura a cartela de analgésicos no retrovisor e em seguida troca o CD. Pensa em trazer o irmão para dar uma volta de carro, quem sabe? Antes de pegar a estrada. Um passeio, só os dois. Talvez não seja permitido. Existem muitas regras na nova clínica escolhida pelo advogado. Sara perdeu a guarda de Fred após faltar aos encontros com o juiz. E as visitas, dolorosas, com o tempo tornaram-se mais esporádicas.

A última vez que o viu, Fred estava de bom humor, chegaram a cantar algumas músicas juntos, desafinados, mas não há garantia que isso vá acontecer. Relembra o episódio em que ele foi internado pela primeira vez, após atear fogo às cortinas da sala de jantar. Os curiosos na porta da casa, os bombeiros, a empregada chorosa, rezando pelo menino que ajudou a criar. A ausência da mãe. A ira do pai.

No caminho, confere os presentes que leva. Tangerinas doces, uma barra de chocolate crocante e algumas revistas. Em sua última visita, Fred disse que ia lhe entregar um manuscrito. Fizeram planos enquanto discutiam o que ele pretendia fazer assim que saísse. Empolgado, Fred revelou o interesse por astrologia: "Urano em leão, uma grande mudança vem por aí." Ele disse. Sara não crê em nada que ouve, mas está feliz de ver o irmão interagindo, fora de sua bolha ensimesmada e arredia. Quanto à posição de Saturno, o signo regente, ela não acredita que vá fazer diferença sobre o que os espera mais à frente. Eles são como árvores que tiveram as raízes podadas antes da hora e, por isso, não se sustentam.

Ao chegar, Sara é levada até o quarto de Fred e o encontra na penumbra. Na parede em cima da cama, um monitor cardíaco se destaca. Está desligado, isso a tranquiliza. Sara abre as janelas, Fred sorri.

– Por que a capa? Chove lá fora?"

– "Longa história, ela diz. E você, como vai?"

Ele conta muitas coisas, parece animado, elogia a comida do almoço, "hoje foi bom, nem sempre é". Em seguida, reclama que não o deixaram repetir o pudim. Sara nota a ausência de um dente na boca do irmão. Na verdade, são dois dentes que faltam, e isso a incomoda. Não consegue focar na conversa, faz um esforço, lembra que trouxe também um livro de astrologia, e o entrega. Ele nem sequer o folheia. "Mais tarde" ele diz. "Se puder pedir mais uma sobremesa para mim, gosto quando vem com ameixa, mas sem o caroço", e emenda com comentários sobre o novo hóspede que prefere sentar sozinho na hora das refeições.

Sara abre a bolsa e, enquanto ele conta da pasta de dente que é obrigado a usar e que arde a gengiva, ela corta quadrados de chocolate. Vai entregando um a um, a cada pausa, a cada frase que ele completa. "Fui eu que te ensinei a escrever", ela diz. Ele se surpreende.

"Foi você? Nunca te agradeci", ele diz, enquanto engole o último quadrado.

A enfermeira aparece na porta e avisa que está na hora do banho, ela pode esperar na recepção. Sara agradece, coloca as tangerinas em cima da mesa e sai, deixando Fred ocupado em descascá-las. O aroma da tangerina permanece com ela e, enquanto atravessa o corredor, entende que dali para frente, se não puder evitar as visitas, a conversa será sobre pudins. Enquanto caminha, decide plantar o girassol perto da sua janela.

25

Mestre de si mesmo

Já na estrada, Sara lembra-se do irmão sem dente, enquanto se pergunta se ele é capaz de acompanhar a própria trajetória, ou apenas se deixa levar? Queria entender se ele tem consciência do que faz, do que retém. Sabe que ele acorda, troca de roupa com vagar, escolhe as meias do dia. Mesmo de chinelos, sempre gostou de usar meias, cata as migalhas que sobram do café da manhã, lava as mãos inúmeras vezes até que baste, até enrugar a pele branca e cada vez mais fina. E depois das mãos bem secas, Fred é levado por alguém para o entretenimento do dia.

As aulas de artesanato são aplicadas aos pacientes como uma medicação. Nem sempre fazem efeito. Ouviu falar de uma interna que engoliu dois sacos de bolinha de acrílico e precisou passar por uma lavagem estomacal. Ao se recuperar, foi transferida para o torno, pois trabalhar a argila pareceu menos arriscado aos orientadores. Sabe que o irmão gosta de escrever, mas nem sempre entende seus rabiscos. Não tem paciência. Nunca cuidou de crianças. Não falavam mais sobre os pais, foram esquecendo, ele não perguntava, ela preferia não tocar no assunto. O passado vai perdendo o sentido ao envelhecer vazio. Órfãos de meia-idade não parecem sofrer tanto com as ausências. O mundo se simplifica. As lacunas são como os lençóis trocados na clínica do irmão. Limpos o suficiente, inócuos, servem a qualquer um e a ninguém.

A caixa de ferramentas

Antes de sair, confere a última mensagem que recebeu na secretária eletrônica. Vanessa a aconselha a esperar até que ela cheque alguns dados, mas Sara ignora. No carro, ao abrir o porta-luvas, se dá conta de que o mapa rodoviário não está onde deveria estar. Terá que parar para confirmar o trajeto e abastecer. Dirige ao longo do dia sem reparar na paisagem. O pensamento passeia por algumas recordações. Anoitece e ela nem se deu conta. Para num posto e aguarda. Tranca a porta por dentro, se ajeita. Não tem fome nem sede. As mãos se entrelaçam por cima do ventre. Com as pernas encolhidas, revive o gesto que não impediu o menino de ir. A palavra não dita. No dia seguinte, o útero inchado demora a voltar para o lugar, não há uma recordação precisa. Parado no ar, o gesto. É capaz de escutar o arrastar dos móveis da casa escura e úmida em que foi recebida. As pernas inchadas, o corpo aumentando de peso, o enjoo matinal, a comida posta de lado.

Atravessar a rua, que sempre esteve no mesmo lugar. Tudo soou diferente depois que recebeu o envelope com o resultado. Nada mais seria igual. O que sobra são questões a resolver, passar na farmácia, inventar uma desculpa para faltar à próxima aula? Consultar um médico? Falar com quem?

Antes que pudesse colocar as ideias no lugar, a mãe descobriu. Todas as providências foram tomadas. Não houve drama, foram certeiros, pularam as lágrimas também. Não havia necessidade. O tempo ia ajudar a esquecer, foi o que a mãe disse, e nunca mais tocou no assunto. Ao despertar, Sara recorda que os lençóis trocados recendiam a lavanda, perfumados. Então ela se vira contra a parede, martela o último prego e fecha o pequeno caixão.

27

O Bug do Milênio

Na pressa, ela sai sem se dar conta das datas, do feriado que se anuncia. Mas gosta da ideia de ser surpreendida por algo que ninguém controla. O calendário marca o último dia do ano de 1999. Cientistas reunidos em diferentes centros de estudo não são capazes de chegar a uma conclusão. É difícil prever o que irá acontecer na virada do ano. As opiniões divergem, e os comunicados são ambíguos. Alguns mais alarmistas preveem um curto circuito de dimensões inéditas. Outros preferem aguardar, acreditando que a diferença de dígitos irá se acomodar ao novo calendário.

Sara afirmava a quem quisesse ouvir que não acredita em rituais: as doze uvas, sete pulinhos nas ondas do mar, sementes de romãs embrulhadas em papel de seda prometendo prosperidade, amor, trabalho e incontáveis alegrias. Tudo isso para ela é bobagem. Mas nem sempre foi assim. Até os treze anos, na véspera do ano novo, levava flores brancas para Iemanjá. Acreditava em superstições, nos amigos, nas fagulhas de paixões provocadas por desconhecidos, contava histórias engraçadas, tinha ideias mirabolantes e gostava de experimentar de tudo.

Ao decidir partir, entende que o cérebro não é um álbum onde as memórias são guardadas, como um arquivo a ser consultado. A memória é uma constelação temporária de atividades. Uma sensação momentânea de um todo relembrado. Essas imagens e as informações não costumam ser propriedade exclusiva de uma memória particular. Por isso precisa ir. Como lembrar o que não conhece?

Férias. Não chegou a ser uma festa, era um não fazer nada juntos, adolescentes, o dia largado, a cachoeira, o celeiro nos fundos da casa, o cheiro do feno cortado. Alguém trouxe a bebida que passou de mão em mão, de boca em boca, até que acordou entorpecida, a cabeça pesada, sem lembrar o que aconteceu. A vida fora do eixo. Sem volta. A lógica da memória é o outro que traz. Com seu rosto, seus traços definidos, o hálito morno, a resistência, a insistência, o apagão, até o esquecimento total.

Ainda tem muito chão a percorrer, e as pousadas devem estar lotadas. Não tem ideia do que irá encontrar. Como seria uma primeira conversa, um abraço? Mesmo após o sol se pôr, o calor continua implacável e o restaurante anunciado pelo *outdoor* se encontra com o ar-condicionado quebrado. Como previa, estava lotado. O cheiro de gordura embrulha seu estômago. Enquanto aguarda, antes mesmo de receber o cardápio, Sara escuta os comentários costumeiros: "Esperando alguém?" "mesa para quantos?" "Poderia trocar para uma mesa menor, aquela ali do canto? "

Após a primeira garfada, arrepende-se de ter escolhido a especialidade local. Diminui o volume do prato, quase intacto, ao oferecer pequenas porções de carne gordurosa ao vira-lata que circula pelo salão. Recusa também a cerveja que lhe oferecem para acompanhar a refeição, mas acata o sorriso complacente da família feliz com uma penca de filhos barulhentos. Um deles puxa seu cabelo pela raiz enquanto ela clica. Sara corta fora a cabeça do casal e entrega a máquina de volta com um sorriso maroto.

No meio do alvoroço, não consegue pagar o que consumiu nem fugir da euforia que toma conta do salão. Aceita, contrariada, a cidra que o garçom lhe entrega para brindar com as outras famílias que se aproximam sem cerimônia, afinal, é véspera do novo milênio. A cidra deixa um travo amargo que borbulha junto à fritura. Alguém puxa um coro de despedida do ano que finda. Ela encara outro copo e foca nas borbulhas para não deixar escapar nenhum contato visual. A mãe da criança que quase arrancou seu couro cabeludo lança olhares ciumentos. Sara reage tirando o garçom para dançar. No terceiro copo, conclui que já havia perdido muito tempo, sente a prótese latejar, vem a vontade de seguir seu caminho. A duzentos por hora, como a canção de Roberto Carlos, que colocou alto para tocar no CD. "O ponteiro marca 120, o tempo diminui, as árvores passam como vultos, o tempo passa, as imagens se confundem, estou fugindo de mim mesmo".

Ao procurar os óculos no porta-luvas, encontra reminiscências: a bala roída nas pontas, pedágios pagos, um canivete. Encontra também um baseado, bem apertado. "Mil cento e vinte e cinco quilômetros, dezesseis horas e doze minutos", é o que diz ao oficial que a faz parar no acostamento. Mas ele não acha graça, pergunta qual o seu destino. Travada, Sara não sabe o que responder. Ele insiste, enquanto ela permanece calada, o pensamento a cento e oitenta por hora.

Sente de novo o efeito da borbulha da cidra batendo forte no estômago. A fritura e o puxão de cabelo até a raiz deslocam outras reminiscências. O bebê miúdo em seu colo sendo levado. Sara não tem opinião, o medo a paralisa. Ganha uma passagem para a Europa para espairecer e se recompor. Não deram nome ao menino, agora ele tem.

Ao pegar a estrada, Sara imagina o encontro, mas o guarda descobre o baseado, passa-lhe um carão e escreve no prontuário: "mulher com mais de cinquenta anos, documento vencido, enquadrada por posse e uso de drogas". Sara ainda tenta argumentar, era medicinal, mas os cabelos rebeldes a denunciam. O *bug* do milênio a atinge como um raio. Os neurocientistas dizem que todas as memórias são memórias de memórias. Embora, em geral, não se tenha essa sensação.

Encolher vem também do verbo habitar

As árvores, elas se movem, e a estrada permanece no mesmo lugar. É assim que se lembra das viagens com a família, em direção à serra, onde passavam as férias de verão.

É necessário se adaptar, foi o que ouviu dos pais antes de partir. Sozinha você nunca daria conta, escutou, enquanto aguardava os preparativos e o passaporte. Embarcaria em seguida, logo após o nascimento do bebê. Tudo organizado. Alguém a ajudou? Não se recorda, e isso a incomoda. Gostava de Celeste, a empregada, que trazia o suco coado, o sanduíche de queijo derretido na medida certa, o sal de frutas escondido para ajudar a curar as primeiras ressacas. Riam cúmplices, enquanto escutavam as bolhas estourarem no copo. Tinham quase a mesma idade. Celeste era filha da cozinheira, que trabalhava desde menina na casa da avó, indicada por parentes. "Sempre é bom ter empregados da mesma cidade. Em geral, eles usam o mesmo tamanho de uniforme", ouvia a avó repetir. "São de boa índole também". Isso era dito com um sorriso benevolente diante dos serviçais que inclinavam a cabeça, para não haver dúvida de que entendiam o reconhecimento amistoso da estrutura feudal, que não se abalava.

O mundo não acabou

Não quis incomodar o advogado com a infração recebida. Mas a carteira vencida lhe custou caro, parte considerável do que leva para a viagem. Quando o dinheiro acabar, vai precisar de uma transferência bancária. Terá que lidar com um problema de cada vez. Não há reservas em seu nome, é o que ouve nas três pousadas em que tenta se hospedar. Seu ar de espanto fingido é convincente, usufrui da mentira, embora a atitude não resolva o problema da falta de quartos. Está tudo lotado. Mesmo uma cidade periférica e esquecida, distante do litoral, comemora a virada do ano. No saguão, alguém comenta sobre a missa da noite anterior. A prédica exaltando os pecados que devemos evitar.

Após receber uma chamada interna, o gerente desliga e a alerta: está com sorte: um casal acaba de avisar que vai embora antes do previsto. Em poucas horas o quarto estará pronto para ela. Ele avisa que as acomodações são simples, ela agradece. Sara pede para deixar a bagagem na recepção e sai levando a máquina fotográfica.

A Sapucaia

Jogue longe a semente.
Do resto, o tempo se incumbirá

Enquanto caminha, sente que as árvores a espreitam. Procura um ângulo inusitado. O detalhe que mantém a Sapucaia de pé, apesar do desequilíbrio do terreno em que foi plantada. A busca, a angústia. Mexe em lugares adormecidos. Provoca sentimentos que desconhece. O que não fez, o que passou despercebido, o que poderia ter sido. Um futuro que não existiu porque não se permitiu abrir a boca, pensar alto, chorar um pouco, se arrepender. Não foi ela que ditou as regras, por isso dói ainda mais.

O que gruda na memória são esses pequenos fragmentos que não têm princípio nem fim. Algumas frases não são ela que inventa. Elas estão ali, esperando que alguém as recolha, cuide delas e deixe o ar atravessar a madeira adormecida.

O Burdão velho

Ele só existe se o deixam entrar

É preciso abrir o que está fechado. O mapa que caminha para dentro e revela o outro dia como se pudesse acontecer outra vez. O Burdão velho no caminho veio no vento e fincou suas raízes onde encontrou o local apropriado. As ferramentas são simples. Usa o que tem à mão, o que vem à mente e que atravessa infinitas possibilidades. Quer passar de um lado para o outro, de um mundo para outro, sem arrefecer.

Enquanto tece as palavras, encontra fragmentos de polpa debaixo da unha. Não há nada que não possa ser reaproveitado e reinserido na ordem do dia. Mesmo o morcego, medonho, carrega um agasalho que também é um ninho. É filho de alguém, não está só neste vasto e hipotético mundo. Está e não está. Observa e não vê. Procura e não acha, persegue, insiste. Desenha no ar novas possibilidades. Quando nasceu, não sabia se gostava de voar, nada foi programado ou avisado. E, no entanto, há um fio tecido que o conduz mesmo no escuro. Ele sabe e não sabe. Em breve vai voar e será solo, até se perder de vista.

A Pitomba

Se for sua vontade, pode ser uma conversa com a eternidade

Quando encostou o alfinete na folha, viu uma palavra se formar. Letra a letra, ponto a ponto. Da mesma forma que se interessa pelas histórias do vizinho desconhecido, que não deixa escapar se está confortável ou não em sua solidão. Depois de clicar a copa da árvore em seu esplendor, ela acompanha as formigas obreiras que circulam no casco castigado pelo tempo. Vê que elas criam espaços e consideram o que devem carregar. Não sabem o peso da obra que pretendem construir, mas vão arriscar e prosseguir. Vão dividir entre si cada gota de suor que brotou nessa jornada. E amanhã será novamente.

O Sachamango

A impressão da imensidão está em nós

O rastro, nem todos percebem, mas há um momento em que o ar umedece. É uma nuvem que se forma de gotas invisíveis que virarão neblina. Será lindo o amanhecer. Quem estiver acordado pode caminhar sem susto por entre as gotas. Não há contraindicação. É possível colher alguma alegria.

A palavra já contém o elemento vivo

Em poucas horas de caminhada pelos arredores, acredita que já tem um bom material para completar a exposição. Dará um jeito de enviar. Para no banco da praça. Nada naquele lugar desperta sua curiosidade. Não há nostalgia em sua busca. Se dá conta de que não trouxe nenhum cartão do hotel. Um menino miúdo, carregando um isopor, se aproxima. Sara desvia o olhar, ensaia um movimento de saída, confirma as horas no relógio de pulso, mas ele é mais esperto e sabe como chegar. Oferece um picolé, ela agradece, enquanto procura a carteira. O menino repara nas notas, ela escolhe a maior. Ele propõe outros serviços, uma visita guiada à cachoeira, o cartão-postal da cidade. Ela recusa, diz que está só de passagem, ele bate o olho na máquina fotográfica.

Ela muda a estratégia, marca um encontro para o dia seguinte, mesmo local. Sabe que não virá. Por instantes, sente-se mal com a mentira, pergunta o nome dos hotéis e identifica o seu. Despede-se, caminha sem olhar para trás enquanto o garoto confirma o encontro do dia seguinte. Na porta do hotel cruza com o casal que parte, apressado. A mulher tenta esconder a marca da pancada por trás das lentes escuras. O homem arrasta as malas sem o menor cuidado. Falta um botão em sua camisa, talvez dois. Tem o cadarço desamarrado, Sara prefere não avisar. Torce para que ele tropece.

Antes de subir para o quarto, o gerente pede que ela preencha seus dados. Sara inventa um nome qualquer e completa na ficha, idade: avançada. Não gosta da ideia de dormir na mesma cama do casal que acabou de partir, mas agora é tarde para desistir.

37

Deslocando o ponto de vista, é possível chegar a algum lugar

Estranha a cama e imagina um vulto que se esconde por trás da cortina pesada. O tempo recua no tempo. É o irmão, com o joelho ralado, pedindo que Celeste cuide dele, passe o remédio, estanque sua dor. Ele corre pela sala, escapa de todos, atravessa o corredor e vai em direção aos fundos da casa, onde os empregados dividem dois quartos, um armário partilhado e uma pia que comporta, apertada, o que é necessário para o asseio comum. Não há janela à vista. O basculante emperrado precisa de reparos que nunca farão. Apenas a porta, quando aberta, faz o ar circular. O chuveiro fica do lado de fora e na torneira, corre água fria, que dizem, faz bem para a circulação.

Fred vai atrás de Celeste, a única capaz de consolá-lo, mas não a encontra. Pela manhã, ela esteve no quarto da mãe, tirando os rolinhos de sua cabeça, com cuidado para não repuxar. Foi Celeste quem inventou de partir seu cabelo de lado. Ele adorou. Ganhou confiança. Usava escondido a brilhantina do pai, conferia os pelos inexistentes no rosto com marcas de espinhas. Queria ter os cabelos brilhantes.

Com o sangue escorrendo pelo joelho, Fred pergunta por ela. Sara corre atrás, quer ajudar. Enquanto percorrem os aposentos dos empregados, o carro do pai sai pelo portão. Alguém comenta que Celeste o ajuda com as compras. Vão à cidade trazer mantimentos, depois foi o jornal que atrasou, e um pneu, que tiveram de trocar, foi o que disse o pai, ao anoitecer, quando retornam e Celeste carrega as compras, minguadas, sem tirar em nenhum momento os olhos do chão.

O bem-estar tem um passado O mal-estar também

Lembrar-se da casa mantém a infância imóvel, e ela retorna aos seus braços. Ainda não amanheceu. Sara traça os próximos passos e entende que a areia do caminho é movediça. Vai seguir a pista que Vanessa deixou sobre um homem que que buscava o paradeiro da mãe, num sítio nas proximidades. Algumas características têm semelhança com seu caso. O ano de nascimento é um dado importante, mas não é suficiente. Descobriu nos registros a cópia de uma certidão, um xerox antigo. Pode ter sido adulterada. Ele não deixou nenhum contato. Não se sabe o que descobriu, nem com quem conversou.

Na madrugada, tudo lhe passa pela cabeça. Se não conseguir encontrá-lo, poderia deixar um breve relato e algumas perguntas. É uma possibilidade, e ela se agarra, pois é preciso atravessar a noite e depois...

Em sua cabeça, ela escreve. Cada palavra é pensada e repassada ao longo dos anos. Eu poderia ter sido sua mãe, se tivesse ficado até o dia seguinte com você em meus braços. Nada justifica, não consegui nem sequer questionar. Só mais tarde, anos depois, passei a ter algumas visões. Você, em momentos diferentes, acenando para mim. E aprendendo a andar, como um filhote de lobo, um coiote, um pássaro apressado. E se deixando levar nos passeios que não fizemos, no bosque que conheci sozinha, na festa a que não fomos convidados.

Com o silêncio, você foi povoando cada detalhe das fotos que fiz em minhas viagens e que têm como traço um enquadramento desigual. É o que dizem do meu trabalho, porque não sabem o que dizer de mim. Se um dia tive garras, elas me foram arrancadas, uma a uma.

39

Escrevo com o que restou desses dedos que teimaram em sobreviver. E se ainda puder te encontrar, se tiver essa chance, remota, vou tentar explicar por quê, desde o dia em que me separei de você, o mundo foi ficando cada vez mais escuro dentro de mim.

É preciso dizer cada vez menos

Sente uma dor aguda no joelho. A infecção, adormecida pelos remédios, desperta, implacável. Encontra um último comprimido na cartela, sabe que precisa de mais. Ao procurar na mala, dá por falta de uma caixa fechada de antibióticos que deveria estar lá. Liga para a recepção e é informada de que podem providenciar o remédio, desde que ela forneça a receita. Remédios controlados a descontrolam. Não tem como prosseguir. Improvisa uma bolsa de gelo com a bandeja que encontra no frigobar e caminha até a praça, o gelo se dissolvendo no caminho, escorrendo pela perna dolorida. O menino a vê de longe, a conversa é rápida. Na pressa, ela não trouxe dinheiro, mas ele aponta o relógio, se interessa. Diz que vai antecipar o pagamento do farmacêutico, cuidará de tudo. Antes de escurecer ela receberá o remédio no quarto. Pergunta se precisa de ajuda para voltar, Sara recusa. Entrega o relógio que foi do pai e que nunca tirou do pulso.

Uma constelação hipócrita

Ao ocupar a casa abandonada dos pais, Sara se depara com restos da infância. Entre os objetos esquecidos; o tabuleiro de damas com peças espalhadas pelo chão e o jogo de cartas da mãe, desordenado, fora da caixa, presente do tio Rafael, irmão do seu pai, que foi embora de repente. O esconderijo de bebidas era o mesmo. No fundo da prateleira, ela encontra uma garrafa do Glenfiddich, dezoito anos, intacta. Marca favorita do pai.

Lembra-se da felicidade de servi-lo, o pegador de prata que esfriava junto com as pedras de gelo colocadas com cuidado no copo, uma de cada vez. Já sabia ler. Espiava os romances que a mãe deixava por lá. As cenas de sexo, ela não entendia, mas acompanhava com curiosidade.

A sala de jogos é onde os adultos brincam. É o que diz sua mãe, enquanto escolhe a roupa de festa para receber os amigos. As mudanças, sutis no início, vão se acumulando. Do escritório para casa, o pai chega cada vez mais tarde. A mãe nota, mas não fala nada, a ambiguidade é conveniente. As escapadas tornam-se hábito e são incorporadas ao cotidiano do casal, de formas diferentes. Os dois filhos pequenos são contabilizados e preservados, dentro do possível.

Os homens, em geral, consideravam só os encontros casuais. Já as mulheres, não todas, caíam na armadilha de uma paixão imaginada. Sem perceber a superficialidade do entorno. E de como podem estar iludidas. Homens entediados queriam fugir do peso da maternidade, pois não estavam preparados. Buscavam figuras femininas mais jovens, enquanto algumas mulheres querem o resgate de paixões literárias consumidas na adolescência, mas que deixaram de lado ao escolher um par conveniente. Os requisitos? Mesmo nível social, uma pitada de ambição, dois carros na garagem, casa na serra e ao menos uma viagem por ano ao exterior. E que o compromisso dure, pois as partilhas são muito dispendiosas.

No início dos anos sessenta, a traição entre os casais não é incomum. Os casamentos precipitados ou arranjados, a infelicidade das escolhas, a dificuldade em partilhar os bens, o medo, o parentesco proibido, tudo isso sempre existiu, mas não era mencionado. As crianças comentam o assunto com as babás, trocando os nomes dos envolvidos, construindo outros segredos. Foi nessa sala de jogos que Sara, ao chegar mais cedo da escola, flagrou a mãe com o irmão do seu pai.

Pouco tempo depois, as caixas de uísque passaram a chegar com regularidade, vindas de Londres, novo endereço do tio Rafael. Junto delas, chegavam também os bombons favoritos da mãe. Logo em seguida tudo ruiu.

Se você me perguntar por onde andei...

Aos dezesseis anos, longe de todos, aprende a pensar de um jeito diferente, disfarçado de não pensar. No ano seguinte, matricula-se num curso de antropologia numa faculdade num subúrbio de Londres. Torna-se invisível, como muitos dos povos que estuda e não vê. Em algumas noites toma vinho e cerveja com as colegas de quarto. Não gosta de namorar, sente-se desconfortável no jogo da sedução. É tão jovem e tão velha ao mesmo tempo. Antes de terminar o curso, vai se casar com o professor de introdução à antropologia cultural mesmo sabendo que ele gosta principalmente de rapazes. Talvez tenha sido essa a razão. Acha interessante. Sente-se confortável ao seu lado. Já o professor de filosofia é menos interessante, mas bom de cama. É um passatempo sem compromisso. Assim como o zelador do prédio onde vivem as meninas. Depois de casada, ainda passa na antiga moradia para visitá-lo. Conversam pouco, não é preciso. Entendem-se, os dois. Vai para lá aos fins de semana, não todos. Chega de surpresa e se instala no quarto dele, nos fundos da construção antiga. É um quarto de empregado, como o de Celeste. Mas ali as acomodações parecem mais dignas, e ele também fala um inglês melhor do que o dela, numa inversão que o favorece. Um dia vai embora, sem se despedir.

Isso acontece antes dela casar com o professor. Pede emancipação para os pais, que não discordam, nem tampouco se pronunciam. Enviam dólares para um endereço postal. Termina a faculdade com muito custo e a ajuda do marido, cada vez mais distante. Vão trocar postais por um tempo, contar as novidades, torcer um pelo outro, até que não mais. Outro fio que se parte e é deixado pelo caminho. Sozinha no mundo, Sara vai se apegar à fotografia.

True Colors

Não cabia em si. Não cabe em lugar nenhum. Independente, o inglês torna-se a primeira língua, mas segue sonhando em português. É desgarrada de tudo, mede-se no próprio corpo, tranca as entradas a hora que quer, abre quando tem vontade. Vai indo.

Já separada do professor, divide o apartamento nos arredores de Londres com uma irlandesa e uma chilena. Têm pouco em comum, mas se entendem. Pintam o cabelo uma da outra, mechas vulcânicas que parecem cuspir fogo. Podem se dar ao luxo de ficar a ver navios sem se preocupar com a imigração. São brancas, as três. E nesta época a repressão é discreta. Vai piorar em breve. Numa escala vertiginosa.

Trabalha servindo mesas, traduz alguns textos e se inscreve num mestrado, sem muita certeza. No último dia do ano, sobem no telhado do prédio para comemorar e imaginar o futuro. Juntas, elas decidem arriscar. A chilena propõe uma troca de continentes. Nova York é a cidade escolhida, suas possibilidades são infinitas.

Água aos camelos

A promessa do final do ano não se cumpre, e Sara vai embarcar sozinha para a América do Norte. Enquanto traçam planos, a chilena descobre que espera um filho e decide retornar ao Chile para ter o bebê. Ao receber a notícia, a irlandesa revela um aborto mal-feito, aos dezesseis anos, num sobrado em Belfast, e a septicemia que quase a matou, não fosse a intervenção do primo, estudante de medicina, que depois do acontecimento cortou relações com ela. Sara escuta a história em silêncio, não há nada a compartilhar. Na despedida, no último dia no telhado do prédio, decidem gastar o que haviam reservado para a viagem e também o depósito do primeiro mês de aluguel em Nova York com um enxoval completo para a amiga, que se comove e promete ficar em contato, haja o que houver.

Seis meses depois, o bebê nasce de parto natural no Valle Nevado, onde os pais da menina trabalham como serventes num centro turístico. Com seis dedos em cada mão, a criança torna-se um ser raro na aldeia. Para alguns, uma criança predestinada, que será explorada pela família humilde até que a curiosidade coletiva seja desviada para um casal de gêmeas que nascem unidas pelos calcanhares. Mas isso elas nunca vão saber, a chilena nunca mais escreveu. O retrato das três no telhado ficou esquecido na mesa de cabeceira, e o imóvel, que Sara visitou anos depois durante uma de suas exposições, foi posto abaixo para dar lugar a um condomínio.

Nova York, novas pernas

Escondido em uma rua mal iluminada, no final do East Village, o prédio se localiza a quatro quarteirões do metrô, o que no inverno é um privilégio. A calefação é instável, e o zelador não dá conta de tantas reclamações. No verão, os ratos circulam livres pelas calçadas e muitas vezes se atrevem a seguir os moradores antes que a porta pesada se feche.

Aos poucos, Sara vai se ambientando. Acostuma-se a instalar e limpar as ratoeiras do apartamento. No inverno, dorme de luvas e usa um gorro para encobrir as orelhas geladas. Aprende a não cumprimentar com euforia os vizinhos judeus. Entre eles, não se permitem sorrisos largos ou apertos de mão. Às sextas-feiras acendem velas e cantam sempre no mesmo horário. Habitua-se a ouvir os lamentos numa língua que parece querer alcançar os espíritos ancestrais.

Gosta do ritmo animado dos jamaicanos que moram no andar de cima e são responsáveis pelo entra e sai de pessoas mais jovens. No mesmo corredor comprido, vive uma velha francesa muito magra e sua filha irritada, que trabalha como acompanhante de outra velha, em Midtown. A portuguesa do segundo andar vive com o marido que conserta panelas. Tem as pernas inchadas, as varizes expostas e trabalha como camareira num hotel em Uptown. O espanhol mora no mesmo andar da portuguesa e vende tênis chineses a bom preço nas calçadas do Village. Costuma ajudar Sara e a portuguesa a carregar as compras. Ao seu lado, vive um uruguaio que corre todos os dias no parque e que ela descobriu trabalhar como garoto de programa na Rua 48. Ele e o espanhol se odeiam.

O alarme de incêndio do prédio volta e meia entra em curto. Quando dispara, todos correm para fora. É assim que Sara conhece os vizinhos. Cada um tem sua própria caixa de correio trancada à chave e ninguém é de muita conversa.

Arruma um emprego numa escola de artes do bairro que paga o salário combinado sem exigir recibos. Não tem uma função específica, faz um pouco de tudo. Estoca o material, lava os pincéis, estica as telas, dá aula para crianças, varre, prepara o café. Presta atenção às pinturas. Folheia os livros da biblioteca, compra o mesmo caderno que os alunos usam em aula e alguns bastões de carvão. Rabisca no inverno. No verão, é impossível ficar no apartamento. Só retorna para dormir, com as janelas abertas, protegida por uma cortina encardida pela fuligem da cidade. Nas poucas cartas que escreve para a amiga irlandesa, conta que em Nova York há duas estações marcantes. O inverno e o inferno. Compra um par de tênis com o espanhol. Gosta de caminhar sem rumo pela cidade. Passa a usar roupas pretas. Não tem mais contato com ninguém no Brasil. Não lê sobre o país. As referências ficam para trás. Alguns dizem que ela é romena, italiana, árabe, grega. Gosta de se sentir ausente de qualquer identidade. Emagrece. Come pouco. Descobre o telhado do prédio e costuma subir ao entardecer. Leva o caderno e o carvão. Lá encontra o filho mais novo do jamaicano. Passam a fumar juntos. E com ela, ele tem sua primeira experiência sexual. Iluminados pela luz das estrelas e ao som da sirene de polícia que persegue alguém nas redondezas. Não chega a gozar, mas gosta do acontecimento. Entende que assim pratica uma boa ação. Combina com suas ideias de liberdade. Pede, com educação, que ele não goze dentro dela. Insiste.

Encontram-se no telhado sem grandes combinações, sem compromisso. Ele repara nos desenhos. Os encontros ocasionais passam a ser mais frequentes. Sara se incomoda. Não quer continuar. O menino torna-se agressivo, deixando marcas no seu pescoço e na parte interna das coxas. Por precaução, ela coloca mais um cadeado em sua porta. E arranja outro fornecedor.

A vida em Babel

"Os primeiros moradores de Nova York foram 23 judeus de origem portuguesa que chegaram aqui em sete de setembro de 1654, na Nova Amsterdã, fugindo da inquisição no Recife. O Recife é perto da sua casa?" Ele pergunta. Sara diz que precisa anotar a informação em seu caderno, mas está tão chapada que demora a entender o contexto. Vai até a janela, o dia está amanhecendo, sente frio. Volta para a cama e se enfia debaixo do cobertor. Na mesa de cabeceira, uma garrafa de uísque, restando dois dedos para ser esvaziada. O Turco passa a mão em suas costas. Sara pede que ele conte outra história, leia outro trecho da "enciclopédia dos povos", como eles chamam o livro de curiosidades que ele encontrou nos fundos da loja, quando assumiu o estabelecimento.

A literatura tosca, em forma de verbetes, que descreve o cotidiano dos emigrantes, os faz imaginar o lugar de origem dos vizinhos. Quem tinha algum parente ou conhecido teve mais sorte ao se instalar. Mas a maioria vive no sufoco, com medo da imigração. No mesmo quarteirão convivem irlandeses, coreanos, curdos, chechenos, eslavos, sul-americanos, nigerianos, poloneses, iranianos, e alguns americanos solitários.

Ela o conhece na loja de bebidas, a duas quadras da casa dela, no caminho do metrô. Ele pensou que Sara fosse colombiana e estranhou uma latina pedindo uísque maltado. Não costuma conversar com estranhos, mas se interessa por ele e vai se deixando levar pelos olhos molhados do Turco que, na verdade, era curdo e fugiu do país, depois de ter parte da família perseguida e presa. Por sorte, herda a loja de bebidas de um parente distante, imigrante, que compra o estabelecimento.

A intimidade veio aos poucos. Ensimesmado, nunca tira a camisa, nem na hora de dormir, ou de transar. Sara descobre as cicatrizes que ele tem nas costas quando chega um dia sem avisar e encontra a porta entreaberta. Na mesa, vê também a heroína desembrulhada, que nunca havia experimentado. Juntos, vão aumentando a frequência do consumo, certos de que têm o controle da situação. Para ela, é algo novo, sem contraindicação aparente. Dorme bem, come pouco, emagreceu ainda mais, mas isso não a incomoda. Ele gosta de contar suas costelas, e ela por sua vez desenha as cicatrizes no caderno, adivinhando o relevo que formam por cima das camisetas que ele nunca tira. E a cada dose, eles revelam o descompasso com o mundo, um sentimento compartilhado. Mas a droga é cara e eles vão se complicando. O Turco tira do caixa o que não podia gastar. Sara o incentiva. Juntos, é mais fácil se entregar ao vício.

Tomam um susto quando a loja é assaltada. Sara nunca soube, mas o assalto é uma cobrança das dívidas com os fornecedores. Foi tudo muito rápido, não houve tempo de entender o que estava acontecendo. Os dois dormiam no andar de cima e acordam com o barulho dos estilhaços. Ele desce primeiro, Sara ouve uma discussão e vai atrás. Quando chega na loja, os invasores já haviam partido. Não reparou que o Turco havia se ferido. Espantam os vizinhos que aparecem querendo chamar a polícia. Mentem, dizendo que haviam acionado o seguro, e recolhem os cacos.

Ao recolocar os produtos no lugar, Sara se acidenta com os cacos de vidro, mas sabe que não pode ir para um hospital. Nunca legalizou sua situação no país. Usa só o passaporte, vive de empregos informais. Assim como o Turco, um refugiado ilegal. O corte dele é ainda mais profundo, mas está escondido sob a camisa.

A francesa, que mora no prédio de Sara entra no bar para comprar cigarros, a reconhece. Limpa a ferida com destreza e conta que, desde a segunda guerra, é capaz de costurar qualquer coisa, feridas ou retalhos. Fez o enxoval da filha com o que encontrou no acampamento dos refugiados, nos arredores de Paris.

"No dia 20 de agosto de 1960, o Senegal conseguiu declarar sua independência. A ilha de Gorée, em frente a Dakar, foi durante muitos séculos um dos mais importantes centros de escravos da África. O Senegal esteve sob o domínio português e ,em seguida, francês. Mesmo após conseguir conquistar a independência, continua sendo um dos países mais pobres do mundo. Hoje em dia, o Senegal é um grande produtor de amendoim."

"Os curdos da Síria há muito foram reprimidos, sem acesso a direitos básicos. Cerca de 300 mil tiveram sua cidadania negada e as terras confiscadas e redistribuídas aos árabes na tentativa de "arabizar" as regiões curdas. Exilados e espalhados por diferentes países, sobretudo o Iraque e a Turquia, carregam o sonho de ter o Curdistão, reconhecido".

Sara lê o livro dos imigrantes, enquanto espera o carro contratado para levar o corpo do Turco, que teve a ferida infeccionada. A inflamação atingiu uma artéria pulmonar e espalhou-se pela corrente sanguínea, o que causou o óbito. Foi o que disse o enfermeiro senegalês a Sara, antes de ser deportado por exercício ilegal da profissão.

Arte nova, dinheiro novo SAMO is dead

A velha francesa a ajuda a separar os pertences do Turco, esvaziar a loja e preparar as sacolas para doação. Sara guarda com ela o livro dos emigrantes e a camiseta que ele vestia quando se conheceram. Pensou que serviria como inspiração, mas ao segurar a camisa entre as mãos, sente o tecido escapar. Não há como reconstituir o volume das cicatrizes. Insatisfeita, joga fora os desenhos que rabiscou. Guarda a camisa entre suas roupas, mas com o tempo, ela desaparece da prateleira sem que se dê conta. A loja de bebidas é reformada, e o novo proprietário a transforma numa lavanderia.

Sara usa a última dose de heroína sozinha, mas o efeito é diferente de quando compartilhava. O encanto se desfaz. Os dias se repetem. Seu corpo, aos poucos, se recupera. Compra um novo par de tênis, mais leve que o anterior. Volta a correr, sai de madrugada e cruza com o espanhol, que também corre pelas ruas vazias. Nas noites insones, repete os verbetes da enciclopédia, conectando os países aos conhecidos do prédio. O faxineiro da escola é da Zâmbia. O lixeiro do Cazaquistão. Lê sobre países de que nunca ouviu falar.

Durante as caminhadas, tem a impressão de ver o jovem pintor andando pela cidade, fazendo o mesmo percurso que ela. Enquanto ele grafita os muros, ela sobe nas árvores, procura as folhas mais tenras. Tem as pernas finas como uma girafa, o pescoço elástico, e no horizonte há sempre uma nova espécie de conífera que ela não conhece, mas quer conhecer. É um sonho recorrente. Ao subir no alto das árvores, é como se a cidade estivesse contida em seu corpo, que se despede mais uma vez.

Volta a rabiscar, usa o carvão, gosta do resultado, mas esquece o caderno num vagão do metrô. Retorna algumas vezes à estação, dirige-se ao guichê indicado e mergulha no mundo dos achados e perdidos da Central Station, onde encontra guarda-chuvas, casacos, coletes, galochas, pastas surradas, caixas de óculos, merendeiras, ferramentas, relógios de pulso e cachecóis, atirados em sua direção por um funcionário impaciente. Um tripé chama sua atenção. Não há sinal do caderno. Descobre uma máquina de fotografar com a lente rachada. Avisa o funcionário que encontrou o que buscava. Perde algum tempo até encontrar uma loja escondida numa galeria da Rua 42 que lhe cobra 50 dólares por uma lente nova.

Acorda revigorada. Sonha outra vez com Basquiat, que ainda não conhecia e estava prestes a morrer de overdose. No sonho, eles bebem absinto na beira da praia no Haiti. Ele parece um pouco irritado, desiludido, talvez. Abandona as roupas caras enquanto caminham. Ela pergunta se está tudo bem. Então ele diz para ela que as telas não são suficientes, o dinheiro não é suficiente. Precisa dos muros, das fachadas, dos galpões abandonados. De outras cores que não as cores habituais. Conversam em línguas diferentes: inglês, francês e espanhol. Algumas vezes ficam só em silêncio. Ele diz que precisa partir e lhe entrega uma coroa que acabou de pintar. Pede para ela tomar cuidado com os espinhos. Ao se despedir, diz que ela está pronta. Não há o que temer. Não há como recuperar o que já passou. O tempo perdido é apenas uma expressão burguesa, ele diz.

Ilustres desconhecidos

– Você rouba? Ele pergunta. – Não, eu tomo emprestada a vida dos outros, e fotografo. É o que ela responde ao rapaz que trabalha na loja onde revela os filmes. Gasta quase todo o salário que recebe da escola com as fotos. Ainda não sabe o que vai fazer com o novo trabalho que ocupa as prateleiras do quarto. Inscreve-se num curso básico que a ajuda a se organizar. Descobre um espaço abandonado com o zelador do prédio e monta uma câmera escura. Passa a revelar as próprias fotos. Volta a fumar. Faz círculos de fumaça no ar enquanto aguarda a transformação: o papel fixado e lavado, revelando os detalhes que não imaginava que havia captado.

Leva a máquina junto com ela nas corridas matinais. Fotografa o espanhol sem que ele perceba. É seu primeiro modelo vivo, em movimento. Registra também personagens invisíveis, dormindo nos bancos das praças, no parque, na entrada aquecida do metrô. Não costuma pedir licença. Escolhe o modelo, clica e em seguida se afasta. No futuro terá alguns problemas com direitos de imagem, mas aprende a negociar.

É primavera em Nova York. Algumas flores, teimosas, surgem até nas rachaduras de concreto dos edifícios. A cidade ganha cor. Mesmo os bairros mais desolados passam por uma transformação temporária. O Hip Hop atravessa o metrô de ponta a ponta. A música é contagiante. Os parques ficam mais cheios do que de costume. As danceterias, lotadas. Enche-se de coragem e mostra seu trabalho para o espanhol. Aceita o convite, e eles saem para dançar. Agradece, mas diz que não pretende repetir, não gosta de lugares fechados. Vive o melhor e o pior dos tempos. Está mais sozinha que nunca. Se ocupa.

Alguém na escola descobre o material inédito, ainda sem saber que as fotos são dela. Sara se surpreende com os comentários. Congela os elogios no peito e retribui com um sorriso apertado. Não quer criar expectativas. Em Nova York, existem centenas de fotógrafos amadores jogando dinheiro fora, esperando serem descobertos, é o que comenta com o espanhol que corrobora o que ela já escutou. Ele diz que é ignorante no assunto, mas ela parece boa no que faz.

A escola organiza uma exposição de alunos, e ela ganha uma sala para expor. Os convites são feitos no xerox, cortados na guilhotina manual, retocados com pilot e distribuídos pelos próprios alunos. Após a inauguração, aceita também o convite para festejar numa danceteria. É um dia especial. Divide um ácido com o espanhol e sente o corpo se transformar numa espécie de borracha elástica e sensória – palavra que não é capaz de traduzir para o inglês nem para o espanhol. É uma palavra inventada no calor da viagem lisérgica que se fixa com suavidade em sua mente. E durante algumas horas ela é muito feliz. Até a chegada do tio Rafael, que ela pensava ter se dissolvido em algum lugar do passado.

Na correnteza, o lodo fica, e a água escorre

Reage sem reagir, pois os pais sumiram quando tinha quinze anos, logo após tomarem uma decisão por ela. Lembra-se da expressão "acidente de percurso". Parte sem despedidas. Não há tempo para elaborar qualquer sentimento. Portas que nunca mais irão se abrir, uma caixa de madeira lacrada tornando o fato definitivo. Por isso a notícia de que o casal foi encontrado morto, abraçado na cama, por conta do gás que escapou do banheiro não a comove. Ela já tem 29 anos e não há nada a comover. As camadas geológicas estão consolidadas, assim como o osso do fêmur que em breve vai se romper e aí então virá a dor.

O tio resume em poucas palavras o acontecido. Sara busca encontrar em seu rosto algum traço familiar, têm o mesmo sangue correndo nas veias, mas não há. Não lembra se o convidou a entrar, se perguntou se foi difícil conseguir voo, como ele descobriu seu endereço? Não fala nada, e algo lhe diz que talvez ela devesse demonstrar alguma emoção, perguntar se sofreram. Se foi imediato, quem os encontrou? Mas ela não pergunta. Não há o que perguntar.

A sombra dos que já foram

A notícia parte sua vida em dois. O antes e o depois. A última vez que os viu foi num encontro forçado, que nunca deveria ter acontecido, um Natal furioso, registrado por Fred que, naquela época, revelava talento para a escrita. O pai escolheu um restaurante elogiado pelos assados exóticos. Garfos e facas voaram, deixando à mostra as garras, o fígado, a ira e uma família derrotada pelas regras sociais.

No salão reservado, havia morcegos também. Morcegos robustos, estridentes, que incomodados pela claridade ofuscante do lustre de cristal, saíram em revoada, atraindo as asas escuras do terror que vai se abater entre os que seguem confinados no salão.

Somente os sábios conhecedores dos desígnios das estrelas terão uma chance. Mas existe alguém entre eles que não permitirá esta fuga, um traidor. Há quem manifeste seu poder sobre os mais fracos, e com isso os envenena. Cada um deles contempla a palidez do próprio rosto, e o brilho inquieto dos olhos tristes dos seus camaradas. Não existe solidariedade entre eles. Só a fome e a sede, implacáveis. Há também uma sombra que se aproxima sem que ninguém perceba, surge do nada e se instala. É nessa sombra que minha irmã adormece, a faca entre os dedos nervosos, esperando a hora certa para despertar.

Foi um ano de terror, não há dúvida. Um tempo de sensações impossíveis de nomear, ou descrever. Mas existem sinais, um peso mortal capaz de esmagar. Sombras que enchem o ar. Sombras de um corpo franzino, de vozes conhecidas, familiares, daqueles que desapareceram entre nós, sem que tenhamos percebido. E que nos deixaram sós.

Esse foi o relato que Fred escreveu sobre a noite de Natal, onde o Cristo morreu mais uma vez.

Efeitos colaterais

O irmão não é responsabilidade de ninguém, pois não foi mencionado nem pelo tio, nem pelo advogado que a procurou em seguida. Precisavam falar dos detalhes, disse o tio. Foi o que disse também o advogado. Os dois falam a mesma língua. A língua da lógica, dos pepinos a serem resolvidos, dos abacaxis que devem ser descascados. Uma expressão que a remete à infância, pepinos e abacaxis precisam ser resolvidos, e não tolerados, as bainhas não podem ser curtas demais, para não deixar à mostra o que deve ser só insinuado, dizia a mãe. Os empregados devem permanecer nos lugares dos empregados, usar os copos e talheres designados aos empregados. Devem também ajudar a prender rolinhos nas cabeças das mulheres, catar os piolhos das crianças, sem irritar o couro cabeludo e devem também carregar as malas pesadas quando os patrões chegam de viagem e compram coisas que só existem no exterior, nos países de primeiro mundo, como diz o pai. É isso o que os empregados devem fazer, depois de arrumar os quartos, preparar a comida, passar o aspirador, polir a prata e ler um livro para as crianças adormecerem, enquanto os pais estão na sala de jogos bebendo o Glenfiddich que trouxeram do free shop.

Fred só dorme se for Celeste a contar a história. Porém, há dias em que nada funciona. Mesmo que ela repita a história algumas vezes, ele não adormece, e não quer conversar com ninguém. Fica em pé no canto, silencioso, atrás das cortinas, amuado, ou então vem a fúria, e ele se fere, ou quebra o que vê pela frente, pois é assim, não tem jeito, é o que repetem.

– Quem vai ficar com Fred? É o que Sara quer perguntar, mas não ousa. Ainda não.

Do lugar onde estou já fui embora de vez

Até então, Sara vivia sem planos. Mas a tragédia, contida em uma única data, a atinge. Não tem como cuidar de Fred a distância, nem a quem confiá-lo. Vai demorar um tempo até decidir o que fazer. E todas as complicações que terá que enfrentar ao se tornar guardiã do irmão que em algum momento passou a cultivar o hábito de ser infeliz. Mas nem sempre foi assim. Pois antes, ele juntava bem as palavras, gostava de acompanhar os pássaros, de ficar de cabeça para baixo até não aguentar, de contar piadas que não faziam sentido, para fazer rir quem não via sentido em rir de bobagens, e assim amealhava sorrisos que surgiam espontâneos, desarmados, era um menino que nasceu desigual e surpreendente.

Gentil com os gatos, Fred imita seu salto, tem a língua ferina, quer aprender a brilhar no escuro como só os felinos são capazes e aprende a colocar os dois olhos em órbita de uma vez só. E assim como os gatos, sabe lamber as próprias feridas.

Trinta estrelas visíveis a olho nu

Aos dez anos, Fred sonha com uma viagem junto com o pai. Imagina que viajam de carro. Quer acampar, ver o céu por inteiro, mas tudo fica na promessa. O interesse nasceu ao observar as estrelas coladas no teto do quarto, receita infalível para chamar o sono, que demora a chegar. E seguiram com os livros encomendados para o Natal. Em seguida vieram as conversas sobre os planetas, as indagações sobre as órbitas, o que veio primeiro, o buraco negro, as rochas, os vulcões, os terremotos, a chuva ácida, o Vesúvio, a possibilidade da terra se abrir. Os asteroides. As galáxias.

Os assuntos agitam sua cabeça inquieta, que atira para muitos lados. Ora as estrelas, ora os planetas, em certos dias é o Vesúvio que entra em atividade, e a cidade perdida de Pompéia, que provocam um manancial de perguntas difíceis de estancar. O pai não tem conhecimento suficiente, nem tempo, nem paciência e, quando lê para o menino, não tira os olhos dos ponteiros do relógio. É o que o menino repara, e pergunta o porquê e insiste e tudo vira uma encrenca. E aí entram as desculpas, irrelevantes para ele, que insiste em alargar o tempo em que lhe contam histórias. Então Celeste é convocada, porque é doce e tem paciência, é filha da empregada e, aos quatorze anos, ganha uma promoção informal, sem acréscimo no salário, que vai todo para o bolso da mãe. Celeste deixa de polir a prata que fere seus dedos e passa a cuidar de Fred. Que no início resiste e guarda o livro de Natal para ler junto com o pai, mas o livro permanece intocado até março. Fred está prestes a voltar às aulas. E não aceita o livro fechado, é assim que o relógio do pai amanhece dentro do jarro de flores. Fred apanha até sentir a pele esfolada, o relógio vai para o conserto, mas ele nunca reconheceu a autoria do crime. E repete: foi alguém de Vesúvio que escapou das lavas incandescentes, viajou no tempo e se escondeu em Cassiópia. Era lá que ele queria passar as próximas férias, mas isso também não aconteceu.

Calor e frio ao mesmo tempo

Se escrevo o que sinto, é porque assim diminuo a febre de sentir. O que confesso não tem importância, pois nada tem importância.

"Hoje à noite, o tempo será exatamente como você quer. É o que a rádio anuncia. Temperatura perfeita, em torno de 24 graus, céu claro, sem nuvens, ideal para subir no telhado e olhar as estrelas. Se você for do tipo romântico ou sonhador, aproveite". Sara ouve a notícia com espanto. Está no quarto do hotel aguardando o menino trazer o medicamento. "O céu foi dividido em 88 constelações, para facilitar sua identificação. Treze dessas constelações são as zodiacais". É o que ela escuta em seguida. Mas a voz agora é feminina, não foi essa voz que falou sobre o tempo.

Sente a roupa colada no corpo, transpira. Sabe que tem febre. Liga para a recepção, pergunta se deixaram alguma encomenda para ela. Não tem como procurar o menino. Pede um balde de gelo e um analgésico. Ouve a mesma resposta irritante. "Não estamos autorizados a fornecer analgésicos sem receita, pois já houve um caso quase fatal..." Ela desliga antes de ouvir o desfecho. Arrepende-se. Liga outra vez, pede desculpas, agradece a Ângelo, elogia a coincidência do nome, tão protetor. Reluta em admitir, mas precisa que alguém a ajude.

Uma batida na porta do quarto. Pode ser o menino trazendo o remédio. Mas e se ele tiver outras exigências? E se estão atrás dela? Em algum momento da viagem, teve a sensação de estar sendo seguida. Lembra-se da ruiva e do resgate que pagou, sem receber nada em troca. Já caiu num golpe uma vez. É fácil enganar uma mãe atrás de um filho desaparecido. Basta pesquisar na internet e descobrir quem pode pagar bem por informações deste tipo. É possível rastrear quando alguém inicia uma busca. Outra batida na porta. Decide não abrir. Precisa antes checar com Vanessa a veracidade dos fatos. Não tem respondido às mensagens da assistente.

Desde que iniciou a viagem, os erros se sucedem. Ninguém sabe onde ela está. Saiu sem dar satisfações, numa atitude típica que pode lhe custar caro. Talvez devesse avisar o vizinho. Basta uma ligação. Tem o número. E se ele não for confiável? O joelho lateja. Não há mais gelo nem remédio. Em breve terá que fazer escolhas, sabe disso, mas reluta. Sente-se só, luta com a dor. Queria que Fred estivesse ao seu lado. Ele teria algo interessante a dizer.

Liga para a recepção, pergunta por Ângelo, o menino do gelo, e escuta uma voz indiferente afirmar que não há ninguém com esse nome trabalhando no hotel.

Uma folha que cai desarruma o universo

A dor prepara o terreno, embaça os desejos, tira tudo do lugar. Mas também impulsiona alguns movimentos que não arriscaria se não estivesse no limite. O esforço agora é para resgatar lembranças, buscar o amor que um dia existiu e se perdeu. Quer lembrar o que sentiu ao descobrir que estava grávida. O tempo e as lacunas dificultam sua visão.

Lembra-se do dia do exame de sangue, da hora exata em que foi buscar o envelope com o resultado no laboratório. De atravessar a rua e dirigir-se a uma praça. Uma praça conhecida, onde passou parte da infância. Lembra-se de uma foto com o irmão nesta mesma praça. Não sabe quem tirou. Os dois abraçados ao cachorro que adoravam e que um dia se desprendeu da coleira e sumiu. Lembra-se com detalhes da cor e da textura do pelo do cachorro, cor de café com leite, que no sol refletia um tom de dourado. Lembra também o envelope em suas mãos, seu nome batido à máquina. A tinta negra em contraste com o branco, sem rasuras. Da palavra "Positivo" em destaque que leu em silêncio. Lembra-se também de observar um carrinho de bebê, curiosa, e de acompanhar por alguns passos a babá de uniforme, sem se fazer notar. Tenta imaginar como seria esta mãe, a mãe do bebê que a babá conforta. Aperta o passo. Ao se aproximar da criança, a babá se assusta e atravessa a rua com o menino. Então ela fica sozinha, o envelope nas mãos.

Pode acontecer com qualquer um...

Com trinta anos, retorna para o Brasil e já não tem laços nem amigos para prestar homenagens ao casal que morreu subitamente. A sua espera, um inventário e o irmão, internado pela terceira vez numa clínica particular. É um choque revê-lo, mas o afeto foi preservado, e ele a reconhece como se tivessem se separado por apenas algumas horas. Não sabe de que assunto tratar, sobre o que conversar. Fala um pouco de tudo, dos lugares onde passou, como se estivesse contando uma aventura de uma personagem. Nota que nem sempre ele é capaz de acompanhá-la. O olhar vagueia buscando detalhes no quarto asséptico e pouco inspirado do sanatório. Ela lembra dos livros que ele relia com tanto prazer e diz que vai trazer alguns. Vão ler juntos, promete, sabendo que não irá cumprirá.

Além dos advogados, a única pessoa que a procura é uma amiga da mãe, que vive na Europa e é proprietária de uma galeria de arte. Lá, representa artistas brasileiros em ascensão e no Brasil tem como clientes brasileiros abastados que preferem investir em réplicas bem-feitas de pintores consagrados. É engraçada, gentil, objetiva, não se intromete, não faz perguntas. Estende a mão para ajudar no que for, é o que diz. É ela quem ajuda Sara a desmontar o apartamento de Copacabana e a acompanha até a casa dos pais, na serra, escolhe os quadros, avaliza, aponta o que deve ficar e o que pode ser vendido com algum lucro. O mercado não está bom, mas ela tem bons contatos. E isso vai ajudar a resolver os problemas imediatos de Sara, que está sem liquidez. O inventário vai demorar, e o advogado não trabalha de graça, ela diz. Por um punhado de dólares, Sara troca o que tem de valor. Agradece a ajuda, só perceberá que foi lesada anos depois.

Cacos familiares

O efeito do golpe é mais extenso do que poderia imaginar e desencadeia o despertar de acontecimentos que dava como encerrados. Mostra mais do que devia, desperta uma ira adormecida e a faz destruir toda a louça azul com bordas douradas do café da manhã, peças que guardavam lembranças suaves, antes ainda da escola, antes da morte da avó contadora de histórias sem pé nem cabeça, adoráveis, embaladas pelos discos que ouvia na vitrola, presente de aniversário no ano anterior.

Nada disso lhe veio à cabeça quando ela espatifou peça por peça, criando um contraste visual com o chão da cozinha, revestido com uma cerâmica italiana em tons de verde esmeralda.

O prato com o retrato da família visitando o Cristo Redentor também voou pelos ares. O passeio, ela lembra, foi num dia de muita neblina, no Chevrolet do pai, que dirige contrariado, pois não quer estar lá, não num dia como esse, mas é voto vencido. Um passeio jogado fora, ele disse, sem muita convicção, mas o suficiente para impelir Fred a abrir a porta do carro e saltar com o carro ainda em movimento. Sorte que estão em baixa velocidade, e não veio ninguém em outra direção.

Foi a providência divina, grita a mãe, enquanto busca apaziguar os ânimos. Sempre há uma briga no caminho, afinal, acontece em outras famílias, só que ninguém comenta, ela diz enquanto segura Fred com força entre os braços, para que ele não ouse, outra vez, abrir a porta e se atirar. "Sempre há uma briga na família", Sara anota no diário que escreve na época e que ganhou ao completar onze anos.

O golpe a surpreende. Não estava preparada para chafurdar numa dor que não é sua. Os pais mortos não eram seus há muito tempo. Ainda assim, eles conseguiram resgatá-la. O castigo agora é dar um jeito na louça quebrada, na xícara sem asa, no prato do Cristo partido em mil pedacinhos, no irmão que não diz coisa com coisa, ou diz coisas brilhantes, que alterna opiniões contraditórias sobre a evolução das almas e que a alerta sobre o perigo de uma nova explosão de supernovas, que estão a caminho e podem cair a qualquer momento, é o que ele repete, com doçura, com fúria, com delicadeza, enquanto ela varre os cacos, pois o irmão acaba de chegar trazido em uma Kombi como um selvagem, os cabelos desgrenhados e uma barba cerrada que ele não permite que toquem, sem nada nos pés encardidos, a pele grossa, escurecida, e algumas feridas cicatrizando.

Era assim em Cromagnon, ele diz. Sara, enquanto ela aproveita para calçar nele um par de meias, protegê-lo dos cacos. – Onde já se viu, um homem das cavernas usando sapatos? E sorri. Sara varre a sala com afinco, varre a cozinha, arruma a cama do antigo quarto de Fred, esquenta uma sopa que vai deixar queimar, pois a raiva do golpe a impele a pegar a máquina que veio com ela de Nova York e a fotografar os destroços da louça que farão parte da sua primeira exposição no Brasil.

A noite que não acaba

Ainda no hotel, Sara acorda com o joelho latejando. Despeja a última forma de gelo no saco que encontra na lixeira do banheiro. Um improviso que aplaca por um tempo o mal-estar. A janela entreaberta deixa vazar o escuro da noite. Não há nada a fazer. Não quer desistir, nem voltar atrás. Não pode deixar escapar a oportunidade. Está próxima da cidade que Vanessa assinalou, tem o endereço anotado num guardanapo, as letras rabiscadas com o coração acelerado. Mesmo sem admitir, sonha com a possibilidade de consertar o que havia perdido. Pensa que se conseguisse dormir um pouco, quem sabe, poderia acordar sem se sentir tão desprotegida em sua dor?

Desde o início da viagem, conversa com o filho em diferentes momentos, dentro de sua cabeça. Os assuntos triviais fornecem carne ao que não tem substância, cria curiosidades, desejos, algumas promessas e uma troca que nunca havia existido. Faz as perguntas que nunca fez, uma ligação entre os corpos, as semelhanças, o afeto, onde ela encontra conforto para os gestos desmedidos, uma compreensão para as palavras rudes que usa com quase todos a sua volta. Ela se dá conta de que, depois de tantos anos, com essa ausência cristalizada, chega a um ponto em que tudo acontece dentro de sua cabeça. Isso é tudo. É o possível.

Lá, onde só ela habita...

Dentro de sua cabeça, Fred é um arquiteto bem-sucedido, acaba de inaugurar um condomínio com uma vista espetacular, está no terceiro casamento, briga com uma ex, mas com a outra se entende bem, é carinhoso com os filhos que vê com regularidade. Tem uma hérnia de disco, mas não reclama. Parou de beber, teve gêmeos inseminados, e cura as ausências com maratonas. Lembra-se do pai com saudade e um sentimento misto de ironia e reverência. O velho sabia onde queria chegar, ele diz. Foi implacável, mas soube colocá-los nos trilhos. Então ele sempre agradece a vida que leva, os exemplos que o pai deixou, e espera que seus filhos possam um dia falar algo parecido sobre ele também. Mesmo muito ocupado com os afazeres e os dias agitados, Fred guarda as lembranças mais importantes em cadernos que rabisca de madrugada, onde anota nomes de estrelas, curiosidades infantis que nunca o abandonaram.

Dentro de sua cabeça, Sara também reencontra Celeste, que ganhou o mundo e agarrou com vigor e sabedoria as oportunidades que encontrou no caminho. Aprendeu espanhol, viajou para outro continente e casou-se com um pescador de pérolas que não deixa nada faltar em sua mesa. Vive no Caribe, numa ilha escondida, onde o céu é mais azul e a água muito doce. Dentro de sua cabeça, seus pais jogam cartas com amigos, partidas que nunca terminam, ouvem jazz, bebem bons vinhos, os melhores, enquanto envelhecem sem perder o viço. O joelho não dói e será extirpado em breve, junto com o enxerto mal sucedido, os ossos desalinhados e gastos, a cartilagem apodrecida, pois ela vai flutuar ao lado das supernovas de Fred.

Entrando na Nave

Uma batida insistente a desperta. O funcionário do hotel avisa que um rapaz a aguarda na recepção. Ela insiste que o jovem suba, mas ele não é autorizado, é contra as regras. Sara desce e, após uma rápida negociação, entrega o dinheiro que encontra na carteira. Tem medicamento para uma semana, tempo suficiente, ela pensa ao tomar duas pílulas de uma vez, enquanto traça os próximos passos.

Recolhe os pertences espalhados pelo quarto e prepara a partida. Pela primeira vez desde que chegou ao hotel, liga a TV, procura o noticiário, mas é capturada pelo som de um programa matinal. Uma apresentadora, usando um macacão prateado, acompanhada por uma banda, canta um refrão em que tudo é possível, se o desejo for verdadeiro, ele vai acontecer. A mensagem reverbera no ar, enquanto a cantora embarca na nave, acenando. Amortecida, mais leve, Sara é envolvida também por um sentimento de esperança que decide compartilhar.

Liga para a agente e diz que em breve estará de volta. Quem sabe uma surpresa? Promete tirar mais fotos no caminho, mente dizendo que está perto de um parque estadual. Telefona para o vizinho, pergunta pelas colmeias, pede que ele guarde a correspondência e dê uma olhada nas plantas. Pensa em seguida no irmão, quem sabe, está num dia bom? Ela poderia animá-lo com boas notícias. Será que ele já ouviu esse programa de TV? Conhece a mulher que viaja na nave? Sai do hotel em direção ao estacionamento, tem a música na cabeça. Precisa correr. Enquanto liga o carro, promete a si mesma telefonar para o irmão da próxima cidade, está a alguns quilômetros de um encontro que nunca ansiou, agora sim.

Back to Bahia

Água, biscoitos, barras de chocolates e duas maçãs de casca escura é o que ela precisa para concluir a viagem. Trouxe também o travesseiro e a colcha encardida que cobria a cama do hotel. Vai dormir na pick-up. Não será a primeira vez. Desliga o ar-condicionado barulhento e abre as janelas do carro. Redobra a atenção nas falhas para evitar surpresas. O asfalto malconservado é um perigo. Nem passou por sua cabeça checar o estepe. Para uma vez para abastecer, toma um café requentado e confere o destino. Encontra no porta-luvas o maço de Hollywood que ganhou do vizinho pouco antes de partir. Ao lado de dois cigarros amassados, descobre um baseado enrolado com precisão. Pensa que deve aguardar o momento certo. E assim que encontra a estrada de terra, encosta e procura o isqueiro. Segura a fumaça no peito alguns instantes, agradece. Sorri, e divide a alegria com o espelho retrovisor. Entende que era o

sinal que esperava. Nos últimos anos, tem tido episódios como esse, quando mergulha, sem perceber, num estado de ilusão. Um movimento necessário que a faz sair da cama e desvia os pensamentos que a atormentam.

A terra treme assim que ela cruza com um caminhão carregado de madeira. Depois outro, e outro, um pouco menor. Pensa em fotografar, mas não tem como alcançá-los. Enquanto ela vacila na curva, os caminhões passam, acelerados. Conhecem a estrada de cor. Não há placas indicando as propriedades. Mas eles circulam por lá, cumprindo empreitadas. São muitos, a madeira contrabandeada também. Alguém paga a alguém e todos ficam em silêncio. A floresta continua encolhendo, mas não é prioridade. Mãos calejadas não costumam ganhar muito dinheiro. Sobrevivem, fazendo o trabalho pesado, é o que ela observa, ao ver deslizar na estrada o carregamento de sucupiras e outras madeiras nobres que não é capaz de nomear.

Terra à vista

O barulho da motosserra invade a pick-up e a transporta para outro lugar. Quando ainda havia Fred, a mãe e o pai, todos sob o mesmo teto. Um Jatobá no caminho florido, atropelado por indecisões. Um jardim cultivado e uma fonte. Era assim que pensava o futuro. Antes de entender como as coisas funcionavam. Antes da erupção dos vulcões e da explosão das supernovas que atormentavam o sono de Fred.

Espalhados como musgos endiabrados, rebeldes. Vocês têm muita sorte, é o que repete a moça que serve o café da manhã, quando visitam os avós. Filha de uma família da comunidade, engomada e servil. Alguém que trabalha na terra, cortando as árvores que serão transportadas sem etiquetas ou registros, pelos caminhões que partem de madrugada. Reproduzindo o mesmo ciclo das Capitanias Hereditárias. Então ela lembra: na parede da sala repousa, num nicho, a comenda dos familiares, esculpida num jequitibá.

A Sucupira silenciosa

O último caminhão do comboio passa por ela, tira um fino e a desperta dos seus pensamentos. Num impulso, para no acostamento e oferece carona a dois viajantes: uma mãe e um filho pequeno, que sobem no carro, agradecidos. Sara oferece a maçã, mas o menino tem o olho esticado para o chocolate. Trabalham numa das fazendas da região. Ele carrega um pilão entre os braços. Quer vender no mercado, diz a mãe. O menino a surpreende ao dizer que ela parece sua avó. A sinceridade do garoto a irrita, e ela retruca de forma rude, assustando a criança. A mãe, sem graça, manda-o calar. Sara fica remoendo as palavras, arrependida: não devia ter falado nada, nem convidado os dois a subir. Distraída, ela resvala num buraco do asfalto, freia rápido demais, e o menino bate a cabeça no console do carro. Tem um galo na cabeça, mas não reage. Fica quieto, sem chorar. Lembra que já foi assim como eles também: nem um pio sequer, enquanto o pai conduzia o carro com raiva, o castigo que viria em seguida, implacável.

Oferece uma barra de chocolate, ele não diz nem que sim nem que não. Fecha os olhos, deve estar pedindo para ser transportado para outro lugar. Qualquer outro lugar que não seja ali. O mesmo que ela fazia enquanto o pai dirigia na estrada silenciosa. É dessa infância interrompida que corre inutilmente, pois não há como reerguer as florestas, nenhuma árvore derrubada voltará a florescer. E não haverá galhos para os pássaros, que voarão atordoados, sem pouso certo. Presas fáceis, como ela e o irmão foram um dia.

No céu, um rastro de fogo frio

A mulher aponta onde quer descer. Sara propõe ao menino trocar o pilão por uma barra de chocolate, e ele sorri, agradecido. Nem tudo está perdido, ela pensa, embora no íntimo, saiba que o garoto não teve escolha. Foi ela quem decidiu. À infância, não é permitido o querer. Ela também foi criada assim. Não se falava de sentimentos com as crianças. As ameaças e os castigos davam o tom da educação. Tem que ter pulso firme, dizia o pai, quando a mãe ameaçava fraquejar. É de pequenino que se torce o pepino. Foi o que ouviu inúmeras vezes, sem poder interromper.

Confere o endereço do sítio. Pelas indicações, não está longe do seu destino. Quem sabe a casa ainda estivesse de pé? Ao recordar a viagem de carro, conduzida por um motorista contratado, tem a impressão de que Celeste estava junto com ela. Mas não pode afirmar. E dona Lucinha? Será que ainda está viva? Era ela

que preparava a comida. Nunca a viu longe do fogão. Não tinha como confiar na memória, e isso a entristecia.

Rodou mais uma hora até alcançar a rotatória que divide os municípios. No coreto da cidade, um presépio iluminado atrai as crianças que completam a manjedoura com folhas colhidas no chão. Dali em diante lembrou cada curva que fez até alcançar a entrada da fazenda.

Tudo parecia menor. A casa, a mangueira carregada, o balanço feito de pneu, os vasos de arruda espalhados pela varanda e as bicicletas, que ela via da janela onde esteve durante alguns meses, confinada. Lembra-se de alguns pontos com clareza, mas sem as conexões necessárias para formar uma imagem segura. O papel de parede no quarto, a cabeceira alta, as cólicas, os pés inchados tratados com um escalda-pé fedorento que não ajudava. Da náusea e de algumas revistas de costura que encontrou debaixo da cama. Os móveis eram simples e mal acabados. A parede, recém-pintada, mal disfarçava o mofo que impregnava o quarto estreito, no final do corredor, que ocupou durante alguns meses. Devia ser o quarto de uma empregada. Era verão, como agora.

Saltou do carro sem saber o que estava fazendo. Não tinha as perguntas certas. Como iria se apresentar? Não era mais a mesma garota, e se alguém lhe perguntasse "por que só agora?" não saberia responder. Um barulho chamou sua atenção. No balanço, uma menina miúda, sem os dentes da frente, soltava gritos de felicidade quando deixou escorregar a boneca de cabelos ressecados, envolta numa manta azul. Foi nessa manta que embrulharam o filho, tinha quase certeza. Dona Lucinha lembraria, se ainda estivesse por ali.

Não queria, mas mesmo contra sua vontade, sente a esperança brotando, chegando perto, despertando ao seu lado. Como uma semente estendida ao sol por tempo suficiente, pronta para germinar. Foi o que sentiu ao ver a menina com a boneca embrulhada na manta e que levou apertada no peito, pois se assustou ao ver a visita que chegou sem avisar.

Sara acompanhou-a com o olhar curioso, deu alguns passos tentando se aproximar, e foi então que percebeu que não era a sua manta. Essa era cinza, com tons azulados, escurecida pelas inúmeras lavagens, talvez o retalho de um vestido ou o avental que dona Lucinha usava para cozinhar. É assim que se lembra da velha senhora, as mãos sempre oleosas, prontas para assar, fritar bolinhos de chuva, untar uma forma, alimentar aquelas meninas barrigudas, hóspedes temporárias que arrastavam suas pernas pesadas e se recusavam a tomar banho de sol, embora o médico recomendasse, junto com as vitaminas distribuídas a cada uma no final dos exames que faziam uma vez por semana, em silêncio.

Goiaba no pé

A moça que a recebeu conta que não conhecia dona Lucinha. Os antigos donos venderam a propriedade de porteira fechada e não deixaram endereço. Os novos proprietários criam cabras e preparam queijos para os hotéis da região. Talvez o jardineiro saiba de algo, ela diz. É o mais antigo de todos os funcionários.

A moça pede desculpas, precisa olhar as cabras, mas ela pode ficar à vontade e visitar a casa, sem pressa. Talvez, na cabeça da jovem, aquela senhora de idade incerta e cabelos rebeldes, presos num coque displicente, tivesse passado férias ali. Essas pessoas, quando aparecem, muitas vezes dizem que têm lembranças felizes. Uma delas perguntou pelo pé de goiaba. Trazia na memória o cheiro da fruta, o tacho do doce e o perfume que impregnava a sala de jantar. Mas nunca plantaram goiabas por lá. Só o limão selvagem conseguiu sobreviver à terra ácida, onde o sol custa a entrar. No terreno ao redor da casa, resistem as madeiras nobres, o Cumaru, a Maçaranduba, o Jatobá. As frutas consumidas vinham todas do mercado. Ao entrar na casa, Sara reconhece os pisos de tábua corrida. O cheiro da madeira a transporta para outras passagens e ela recorda os passeios no jardim.

Quando acordava com disposição, gostava de caminhar no entorno da casa. Ao se afastar, seguia a clareira até ela se fechar e então se via no meio das árvores, imponentes e misteriosas. Não havia nada mais solitário do que esse passeio, ela recorda, quando, muitas vezes, num gesto involuntário, após andar alguns metros, apagava as próprias pegadas. Também a chuva, quando caía, lavava os caminhos que havia pisado. Com o tempo, conhecia as trilhas de cor. Então ela se dá conta, foi ali que aprendeu a amar as árvores como não costumava amar ninguém.

Um galho sai a procura de um pássaro

O jardineiro preparava rolhas de cortiça com a casca do sobreiro. O vinho caseiro que as meninas não podiam beber, mas bebiam, era uma receita de dona Lucinha. Doce demais, tornava o dia seguinte ainda mais lento e trazia uma conexão fugaz com o mundo lá fora, para elas, adormecido.

Quando bebia, Sara apreciava as folhas caindo. O outono se tornou sua estação favorita. No outono, grande parte das folhas já havia caído. As árvores pareciam estar num estado permanente de tensão, deixando para trás os galhos duros, que pairavam como braços estendidos, acompanhados por dedos esqueléticos e sombrios que surgiam em suas pontas. Entre o luto e o arrependimento que o outono provocava, as folhas no chão eram também um cobertor e um abrigo. E cabia um mundo inteiro nessa dor.

Livre no esquecimento

Entrar outra vez naqueles cômodos não trouxe nenhuma revelação. Os quartos desabitados pouco significavam. Se ao menos soubesse o que foi feito das outras meninas. Não criaram vínculos, quase não se falavam. Tinham pudor e uma vergonha que as impediam de romper o silêncio. Ali, cada uma em seu casulo, só lhes restava aguardar e em seguida esquecer. Era o que se lia em cada rosto, em cada uma delas, sem que nada tivesse sido escrito.

O que se passa na cabeça de uma menina de quinze anos?

"Minha mesa de cabeceira é uma cadeira, e minha cadeira, uma almofada de veludo. Alguém me traz água pela manhã para lavar o meu rosto e arrumar meus cabelos rebeldes". Lembrou do verso que repetia para si, uma poesia escolhida ao acaso, e que lhe fazia companhia ao acordar. Naquela época, vivia num estado de vigília. Gostava de imaginar que ela e as outras eram prisioneiras e seriam libertadas após vencer duras provas de resistência. Não pensava no bebê, nem na sua materialidade, mas tudo o que aconteceu era o resultado de um descuido de uma noite, agora um incômodo que crescia em seu ventre. Respirava e demandava uma punição pela inconsequência dos seus atos. Não pensar sobre isso, sobre esse filho sem nome, talvez fosse a pior parte do castigo, pois quando esse incômodo acordasse, não importa quantos anos se passassem, nasceria junto uma fera.

Quem sabe o jardineiro ainda preparasse as rolhas de cortiça com a casca do sobreiro? Talvez ele se lembrasse de algumas meninas. E se ele ainda estivesse por lá? Deixou a casa para trás e reparou no jardim. Mesmo incapaz de reconhecer as trilhas por onde caminhou, mesmo com os olhos fechados, sabia que em breve seria outono outra vez.

A Peroba do Campo

A verdade não é consenso, e cada um busca para si uma versão confortável dos acontecimentos, ou um consolo.

A menina que ela viu no balanço agora brinca sozinha no jardim. Entretida com uma pá, não percebe Sara se aproximar. Ela junta num vaso pedras de diferentes tamanhos e botões de flores arroxeados espalhados pelo chão, ao lado do manacá, florido e resistente ao calor. Sara coloca a mão no bolso da calça, ainda lhe resta uma barra. A menina reconhece a embalagem colorida, larga a pá de lado e aguarda. Ao se abaixar para ajudar a menina, sente uma fisgada no joelho. E se dá conta do que ainda terá que enfrentar. Não tem a menor vontade de se internar outra vez, trocar a prótese, se expor. Pensa que ninguém vai sentir sua falta. Não perguntou por ninguém e acha que não perguntaram por ela, é o que imagina.

Lembra que, enquanto esteve lá, a mãe lhe enviava bombons. Em casa, era diferente. Tudo era controlado: o que comia, as quantidades, e os bombons que ela mais gostava desapareciam ou eram trocados de lugar. Isso lhe veio à cabeça enquanto a menina terminava de saborear cada quadradinho.

Em retribuição, a menina estende a mão e leva Sara para passear. Seguem por uma trilha curta, entremeada de arbustos, até que chegam num trecho de terreno demarcado por lajotas de granito, de tamanhos irregulares. Sara conta oito, e em seguida outras quatro, um pouco mais afastadas. Pensa que pode ter sido parte de uma construção abandonada, onde a menina inventa para si um território particular. Fazia o mesmo com o irmão. Um poço desativado na casa dos pais foi transformado por eles numa fortaleza, onde ela e Fred lutavam contra inimigos invisíveis. Ao se aproximar das lajotas, a menina aponta para um deles em particular e revela: aqui dormem passarinhos.

Sem que elas notassem, a avó se aproxima e leva a menina, deixando Sara sozinha. Os quadrados de granito dispostos no chão ocupam seu pensamento. Talvez ali ela encontrasse um desfecho.

Só a poeira

Ao chegar diante da casa humilde, sabe que não será bem-vinda, mas precisa perguntar. A mulher, a princípio, não quer conversa, no entanto, aceita o dinheiro oferecido e justifica: a neta dá muita despesa, mais do que ela pode pagar. Sara quer saber se existem registros dos hóspedes antigos como ela, e se é possível descobrir a identidade das aves enterradas no jardim. Uma delas podia ser sua.

A mulher abre a gaveta da cômoda e traz um álbum antigo que começa a folhear. Diz que havia prometido a si mesma não interferir nos desígnios de deus, mas Sara lhe parece familiar e emenda: hoje pela manhã, ao fazer suas orações, sentiu um vento suave tocando a cabeça da neta, de leve. Tomou isso como um sinal.

Daí pra frente, seu discurso mistura palavras de conforto com episódios desordenados que lhe vêm à cabeça. Enquanto folheia, sem deixar Sara se aproximar do álbum, lembra que ela também chegou lá bem jovem, precisando de ajuda e acolhimento, e passou pelo mesmo processo. Estava em paz com a decisão que havia tomado de dar o filho para outros criarem. De onde veio, mal havia o que comer, imagine mais uma boca para alimentar. Fez o certo, com a benção de deus, ela afirma. E volta a falar sobre o pedido de Sara. Se ela estiver disposta a contratar um serviço particular, ela poderia acompanhar o processo. A quantia, ainda não pode precisar, mas será pouco perto da alegria de recuperar algo tão precioso. Em seguida lembra que se afeiçoou àquele jardim e foi contratada para ajudar na cozinha, onde trabalhou até pouco tempo atrás. E dona Lucinha? Sara pergunta. A mulher ignora, tecendo os passos da busca, o custo, as possibilidades até que Sara insiste, e dona Lucinha? Mas a mulher não responde.

Em sua cabeça, um alarme se acende. Ela reage. Arranca o álbum das mãos da velha senhora, e o que encontra é um álbum em branco. Entende que todo o discurso deve ter sido ensaiado por alguém que viu uma oportunidade de faturar com as tristes histórias daquelas meninas que passaram por ali. Ao sair, quebra o que vê pela frente, enquanto se lembra da ruiva, de outros golpes, de como é fácil enganar pessoas desesperadas.

A menina assustada não entende o que foi que mudou, pois até aquele momento, esse havia sido o melhor dia do ano, uma mão estendida só para ela e a barra de chocolate.

E por um momento, enquanto se afasta, Sara pensa em voltar ao jardim e arrancar as pedras que cobrem as lápides, mas não encontra coragem, prefere deixar como está. Mesmo com tudo ruindo, ela ainda encontra forças e diz a si mesma que não vai desistir, a insidiosa esperança a alcançou outra vez.

Não deu tempo de perguntar pelo rapaz. Foi com ele que tudo começou. Por caminhos cruzados, trocando informações com outros investigadores, Vanessa havia descoberto que, na casa onde Sara esteve confinada, um rapaz apareceu em busca do paradeiro da mãe. O ano de nascimento é o mesmo, mas pode ser só uma coincidência. De volta à cidade, num ímpeto, Sara decide ir à delegacia dar parte. Afinal, foi um roubo.

Ano passado eu morri, mas esse ano eu não morro

A sala apertada cheira a mofo e suor. Lá fora a chuva forma um rio que corre por entre as calçadas estreitas da rua mal iluminada. Duas pessoas aguardam a vez. Uma delas tem o rosto inchado e um hematoma, que tenta esconder com o cabelo. Sara desvia os olhos para as galochas encharcadas. Enquanto são atendidas, ela relembra a expressão de dor da mulher. Parece o gambá que viu ao chegar à delegacia cruzando o fio da rede elétrica, a pata machucada, perdido na cidade.

"Tem que preencher todos os campos que possuem o título com uma marcação na cor vermelha", diz o delegado.

"Não foi isso que eu perguntei", diz Sara.

"Você não veio fazer um Boletim de Ocorrência?", interrompe o delegado.

"Não sei ao certo como reclamar."

"Aqui nessa seção nós ajudamos o cidadão a fazer um B.O. Não lhe informaram na recepção? A senhora viu a fila lá fora?"

"Não tem mais ninguém esperando para ser atendido."

"Mas vai chegar", diz o delegado. "O que foi que levaram? Sua bolsa?"

"Não, a bolsa está aqui comigo".

"Então, a senhora podia ter ficado em casa e registrado o ocorrido pela internet. A não ser que o objeto furtado ou extraviado ultrapasse o valor de quarenta salários mínimos. Aí o registro tem que ser feito na delegacia. Vai preencher?"

"Quais são os dados necessários?"

"Tem que preencher todos os campos que possuem o título com uma marcação na cor vermelha".

"E se for caso de desaparecimento? Por que não disse logo? A senhora é parente do desaparecido?"

A pergunta acerta Sara em cheio.

"É parente? Porque se não for nós dois vamos perder tempo", diz o delegado.

"Sou."

"Então o formulário é outro. A senhora tem que preencher todas as informações sobre o desaparecido e sobre como o fato ocorreu", diz o delegado.

"Mas e se o desaparecimento tiver ocorrido há muito tempo? E se eu não souber explicar como aconteceu?"

"Não é pra mim que a senhora tem que explicar. A senhora tem que preencher para poder dar parte", diz o delegado.

"Mas eu não tenho os dados completos."

"O indivíduo que desapareceu corre algum risco? É hipertenso? Toma medicamento? É seu marido? Saiu pra beber e não voltou? A senhora tem que ser mais clara. Sem preencher as informações necessárias o B.O. não vai ser feito. E eu vou ter que chamar o próximo."

"Já disse que não tem ninguém esperando lá fora."

"Quer apostar? Estou fechando doze horas de plantão, nessa sala com ar-condicionado quebrado. Preciso do nome da pessoa desaparecida, local onde foi visto pela última vez, horário do desaparecimento, as características físicas da pessoa. Se puder anexar uma foto, ajuda."

Ela diz ao delegado que não tem nenhum registro do filho. Carregou a criança por nove meses. Passou o final da gravidez numa casa arranjada, onde providenciaram tudo o que poderia precisar; um quarto confortável, lençóis macios, refeições equilibradas, ar puro, leituras entediantes e uma imensa solidão que quase a engoliu. Nos últimos três meses, não conversou com ninguém. Ouvia grilos e sapos na janela, respondia coaxando de volta. Sonhou que o filho nasceria escorregadio como um sapo, mas sentiu cada segundo as dores do parto. Reconheceu a voz da mãe na sala ao lado, mas não tiveram contato. Assim que nasceu, o menino foi embrulhado numa manta azul. Lembra-se da manta. Não sabe dizer o peso do bebê, se tem alergias, se tomou as vacinas necessárias para sobreviver. Não tem a quem perguntar. Nunca assinou nenhum papel de adoção, mas os ricos dão jeito em tudo.

O delegado, dessa vez, nada diz. Acompanha Sara até a porta, mas volta atrás e avisa. "Só mais um detalhe. Falsa comunicação é crime previsto no artigo 340 do Código Penal Brasileiro, ficando sujeito o autor à detenção de 1 a 5 meses ou multa."

Tudo vira carvão

A conversa durou quinze minutos. Não foi possível concluir o boletim. Ela entra no carro e dirige, vê o dia amanhecer. Não sente fome. Para no acostamento e observa os carros passando na estrada. Não sabe que horas são, nem procurou saber. Não consegue pensar direito. A cabeça pesa, sente um pouco de frio, nem reparou na roupa molhada. Queria um sinal do que fazer, para onde ir. Tenta fazer conexões. Acelera. Pensa em desistir, mas entende que agora não vai conseguir tirar a ideia da cabeça. Não precisa avisar ninguém. Encontra no banco de trás uma calça, um casaco e um par de tênis que ia jogar no lixo. Troca ali mesmo. Se um guarda a pegasse no ato, poderia ser autuada por ato libidinoso, embora estivesse só. Liga o carro. Dirige.

A noite parece que nunca termina, ela se estende por outra parte do mundo e depois outra. É o que pensa e é assim que acontece. Ela sente o conforto da noite se aproximar. Ouvir a própria respiração é um consolo, uma companhia silenciosa.

No hotel de beira de estrada, pede uma média e em seguida uma sopa. Não conversa com ninguém. Pega a chave e encontra um quarto com o abajur quebrado. Ao lado da cama, uma bíblia com a capa preta e letras douradas, em relevo. Na gaveta, uma caixa esquecida de preservativos. Custa a dormir. Está mais próxima do que nunca esteve, mas isso não a conforta. Adormece e sente o corpo suspenso, a dez centímetros do colchão. No dia seguinte, liga para Vanessa que lhe sugere um próximo passo. Sara se apressa.

"O cartório antigo? Foi tomado pelos cupins." diz o funcionário da prefeitura. "De lá só resta a fundação. O prefeito prometeu construir uma praça no lugar."

"E os documentos? Os registros de óbito e nascimento?", ela diz.

"Foi a primeira coisa que os cupins alcançaram. Daqui pra frente vai ser tudo digitalizado", ele diz. "Mas o projeto ainda está no papel."

O carro numa garrafa de sonhar

O que lhe resta agora é juntar os restos. O que ficou para trás não faz diferença. Precisa de um plano. Decide pesquisar. Não é a única a passar por isso. O ano do nascimento da criança não foi digitalizado, mas ela encontra relatos.

Dona Círia saiu da cidade, foi trabalhar no garimpo, precisava alimentar os filhos mais velhos. Dos filhos doados, restam só uma roupa de bebê e a foto do batizado que, envelhecida, não tem registro. Juvenilson e Fabricio eram gêmeos. Sem nenhum rastro dos filhos, prefere imaginar que os dois estão bem. Roberta, Cilene, Ana Tereza, Assunção, Dorinha, todas contam histórias parecidas com a sua. Algumas mais violentas. Muitas entregas foram feitas no meio da noite, pelo pai, à revelia, pela própria avó da criança, por uma vizinha que descobre ali um filão, ela também passando necessidades. Do outro lado, uma lista de mulheres estéreis que anseiam por um filho. Amor, fraqueza, vergonha, oportunidade e lucro seguem no mesmo balaio.

"Eu não vi quando levaram ele embora, não teria permitido se soubesse, não teria assinado o papel, não me lembro de assinar essa permissão. E se fiz, estava fora de mim e me arrependo demais." Como é que faz para consertar? Fabio, Cléverson, Cristovam, Cristiano, Soraya, Sulamita, Celina, Elielson, Anselmo, Elenice, Belinda, Ludmila, Joelson, João Pedro, Santinha, estão todos por aí.

Só a certidão de batismo não serve de nada, é o que ouve em cada porta que bate. Ouve também que deviam ter pensado antes de levantar a saia para qualquer um, antes de permitir que lhe tocassem. Se deixou, devia saber que todo ato tem consequência, então, por que o choro? Natali, Leandra, Suzete, Roberval, Adilson, Rodolfo, Teobaldo, em poucas horas de busca encontra o registro de 3793 pessoas desaparecidas, com treze anos ou mais, e outras 93 desaparecidas antes dos doze anos.

Troca mensagens com Fernanda, uma mulher que procura uma filha em torno de 40 anos, mesma idade do seu. Fernanda tem a sorte de se lembrar do pai da criança. Por isso ela retorna para a cidade de onde havia fugido, arruma um emprego qualquer e hoje em dia caminha pelas ruas procurando alguém com traços semelhantes a ele, quem sabe? O acaso a faria atravessar a mesma rua, em algum momento do dia. Quem sabe, ela teria essa felicidade? Como nos filmes? A mensagem de todas é compacta, um envelope, uma frase curta, sem remetente: só quero saber se meu filho está bem.

Histórias sem razão de ser, mas todas acontecidas

Lucimara entregou o filho de quatro meses no dia em que não havia nada para comer em sua casa. A intermediária que o levou prometeu um emprego também. Pagou o almoço numa churrascaria, providenciou um corte de cabelo, um vestido novo, sandálias prateadas que na época estavam na moda e, em seguida, sumiu. Um mês depois, Lucimara vendeu as sandálias para poder comer. Fazia bicos, entregava quentinhas, lavava as roupas de um motel da Av. Brasil onde foi parar. Conseguiu um lugar no quarto dos fundos, comia o que sobrava na bandeja dos casais e só voltou a trabalhar quando retornou para o interior, na mesma fábrica de onde foi despedida quando descobriram seu estado. O patrão achou por bem tê-la de volta. Já sabia como aparafusar as peças da engrenagem. Tem as mãos delicadas, ele diz, enquanto a examina nos fundos do escritório, só pra ver se estava tudo bem com a menina, tudo de volta no lugar...

Dora tinha quinze anos quando saiu da casa dos pais. Na despedida, disse a eles que queria ser livre. Começou a trabalhar como dançarina em uma casa noturna, onde tudo era novidade. Fez amizades com outras dançarinas e também com os homens que cuidavam dessas meninas. Cada uma pertencia a alguém. Algumas tatuavam o nome do protetor. O seu lhe apresentou as drogas. Gostava da sensação, era também liberdade. Mas não era barato. Aos dezesseis anos, engravidou, só percebeu quando a barriga apontou. Nunca tinha ouvido falar em dias férteis. Não quis abortar. O pai da criança não disse nem que sim nem que não, mas deixou de aparecer. E não deixou endereço. Dora amava a menina, mas não tinha com quem deixar a criança e precisava trabalhar. Quando a filha completou quatro meses,

Dora a entregou para uma mulher que conheceu no supermercado e se mostrou solidária. Entregou também a certidão de nascimento e o vestido que Raquel usou no batizado. Pouco tempo depois, se arrependeu, mas não conseguiu encontrar a moça. O telefone que ela deixou não existia. Abatida e muito magra, levou uma bronca do dono da boate que sugeriu que ela procurasse outro tipo de trabalho. Ali ela não servia mais. Dora decidiu ir embora, recomeçar em outro lugar. Nas últimas décadas, tentou encontrar a filha, em vão. Não se casou, nem teve outros filhos. Tornou-se evangélica e acredita que deus tem seus motivos quando provoca tamanho sofrimento. Reza todos os dias para que sua filha esteja bem. Ela acredita que está, e isso a consola.

Há doze anos Silete espera a filha passar, espera que ela atravesse a mesma rua. Voltou a morar na Tijuca, embora não tenha boas lembranças do bairro. Foi pra lá que fugiu, a casa de um parente distante que a acolheu mediante um pagamento dos pais, que se recusaram a ajudar a filha. Talvez a aceitassem de volta, mas só depois de se livrar do problema, eles disseram. Foi nesse bairro, numa clínica particular, que ela teve a criança. Após o parto, ficou hospedada na casa do médico, que fez sua cesariana para a filha nascer cor-de-rosa e sem rugas, como as crianças que nascem de parto normal, ele explicou. Sua única lembrança dessa noite é um relógio de carrilhão que, de meia em meia hora, tocava um trecho da Ave-Maria. Lucimara assinou o documento sem ler. Só completou o primário e, depois do acontecido, não teve mais cabeça para os estudos. Toma calmante desde então. Cada vez mais fortes, pois com o tempo eles perdem o efeito. O pior de tudo é atravessar a noite sem dormir, ela diz.

Com dezenove anos, Lorena veio da Bahia até São Paulo e conseguiu um trabalho de empregada doméstica. Uma vizinha, que trabalhava no mesmo prédio, convidou-a para sair. No baile, ela conheceu um rapaz que lhe serviu uma bebida batizada. Lembra-se de acordar perdida na rua, sem saber voltar para casa. Ainda era virgem. Só bem mais tarde descobriu a identidade do homem, um caminhoneiro casado. Nunca teve coragem de procurá-lo e não o denunciou. Não sabia que era possível fazer isso e não queria arrumar problemas para os patrões. Ao descobrir que estava grávida, contou para a patroa, que a deixou ficar e a aconselhou a doar a criança. Sozinha na cidade, ela concordou. No dia que a filha nasceu, não conseguiu amamentá-la. Assinou o papel sem saber o que significava. Anos depois procurou a antiga patroa, mas ela disse que não sabia do paradeiro do casal. Na busca pela filha, chegou a mandar cartas a um programa de televisão. Mas nunca conseguiu nenhuma pista da menina. Casou e teve dois filhos. Não há um dia em que não pense...

"Só me sobrou uma fralda da menina." Gerusa foi abandonada pelo marido com duas filhas para criar quando descobriu a gravidez. Sozinha, sustentava as duas, trabalhando num restaurante. As contas não fechavam e estava para ser despejada. Decidiu procurar uma antiga patroa, onde havia trabalhado dos doze aos quinze anos como doméstica. A mulher se comprometeu a ajudar, e Gerusa pediu que cuidassem do bebê enquanto ela tentava se ajeitar. Nunca disse que ia dar a filha para adoção. Ao chegar na mansão para deixar o bebê, encontrou uma mulher vestida de vermelho num carro com motorista já esperando. A ex-patroa disse que ela poderia buscar a filha quando quisesse. Gerusa ligava toda a semana e ouvia a mesma resposta, a menina está bem. Até que a casa foi vendida e derrubada, e ela descobriu que a família tinha o hábito de dar os filhos das empregadas. Já eram ricos e ficaram ainda mais ricos, venderam doze bebês.

No momento em que soube da gravidez, Luisa já não queria ter filho. Seria o terceiro. Descobriu depois que era uma menina.

O pai era só um caso sem compromisso e quando contou que estava grávida, ele disse "parabéns" e sumiu. Na dúvida entre o aborto e a doação, decidiu doar. E não ter mais o contato da filha. Foi correta e cuidadosa, fez o pré-natal, não fumou nem bebeu. Teve pressão alta a partir do 6º mês, mas a menina nasceu saudável, num hospital particular. Como todos já sabiam do caso, que o bebê seria entregue, ficou internada no setor pós-operatório e não na maternidade. Foi bem tratada, viu o bebê, pegou no colo, mas escolheu não amamentar. Colocou um nome porque não gostou quando a trataram apenas como RN (recém-nascida). A menina tinha cabelos loiros, um olho muito azul. Lembra o avô, que era alemão. Não deixou carta. Preferiu assim, e se diz em paz com sua decisão.

Jussara veio de uma família muito católica, todo domingo iam todos à missa, comungar. Aos treze anos, apaixonou-se pelo primo, que tinha completado dezessete. Encontravam-se escondidos, depois da escola, num galpão abandonado, no fundo da casa onde Lorena vivia com os pais. Ainda não havia aprendido como nasciam os bebês quando engravidou. Tinha acabado de menstruar pela primeira vez. Não derramou uma lágrima depois da surra que levou. Na viagem para o convento, foi acompanhada pela irmã Idália, que ficou com ela durante três meses. A irmã jurou que o menino nasceu já sem vida, e que foi levado por deus. Até hoje, quarenta anos depois, Lorena não acredita e procura pelo filho usando as redes sociais. Na cidade onde mora, e de onde nunca saiu, irmã Idália sempre teve fama de mentirosa.

Aos dezessete anos, Rosália se envolveu com um rapaz de sua cidade e não contou para ninguém. O relacionamento aconteceu às escondidas, pois ela tinha medo de enfrentar a família. O pai, alcoólatra e violento, sempre recebeu o apoio da mãe. Só descobriu a gestação após passar mal. Estava com quatro meses. Já separada do pai da criança, não teve coragem de procurá-lo.

Escondeu a gravidez de todos, e só contou para a mãe quando completou oito meses, porque não tinha mais jeito. Querendo resolver o problema, a mãe a enviou para a casa de uma enfermeira que fazia abortos. Os chás que tomou não a fizeram abortar, mas anteciparam o parto da criança que nasceu prematura. A mãe a obrigou a entregar o filho à enfermeira, depois disso ela nunca mais soube dele. A enfermeira, única testemunha que poderia saber do paradeiro da criança, foi presa por fazer abortos e morreu pouco depois.

A mãe de Sofia era condessa, e ela, filha única. Os pais tinham planos de educá-la na Itália, mas Sofia se apaixonou pelo sobrinho do jardineiro, órfão de pai e mãe, numa ridícula história de amor, como frisou sua mãe, e que terminou numa septicemia. Sofia, com dezesseis anos incompletos, não resistiu ao parto. A criança vingou e foi reconhecida pelo avô, que era muito ligado à neta, como seu filho legítimo. A família prepara os papéis para a dupla cidadania do menino.

Tudo o que Cleber tem registrado saiu da cabeça da mulher que o criou, a mãe adotiva. Conta que ele tinha quatro meses quando ela o pegou, depois de escutar um anúncio numa rádio local, no interior de São Paulo, onde viviam. Estavam doando uma menina. Era só passar lá e pegar no endereço. A mãe foi até o local e seguiu atrás da família, que estava perto da linha do trem. Quem atendeu foi o avô, um homem alto, moreno, de barba cerrada. Disse que eles eram andarilhos e não tinham onde ficar. A filha dele, de quinze anos, era clarinha e estava dando à criança uma mamadeira de água com fubá. A mãe de criação perguntou se ela tinha certeza do que estava fazendo. O avô respondeu por ela: "Aqui é assim mesmo, filho é pra dar pros outros". A mãe de criação sempre foi boa para Lucas, mas ele sofre de ansiedade e tem períodos de depressão. Lucas nunca deixou de se perguntar: com quem ele se parece. Onde nasceu? E de que signo ele poderia ser?

A solidão da realidade

Os relatos a atordoam. Até então, tudo era imaterial. As lembranças difusas, a negação, a vida itinerante, o retorno, já bem mais velha e o isolamento, foi assim que forjou seu esquecimento. Não há perda real se não foi criado um laço com o outro, era o que pensava até então.

Nada em sua trajetória remete a esse momento. É o que diz a si mesma, embora saiba que pode estar sendo, mais uma vez, superficial. Toma coragem e marca um encontro com outra mulher que segue na mesma busca que ela. Até então, pensou que investigar sozinha seria uma forma de dominar a situação. Mas ao conversar com outra, ao ouvir de outra boca, sente a costura antiga se romper, os pontos cravados no corpo, onde é quase imperceptível a cicatriz.

A situação não é controlável, não se resigna só pelo querer, é como uma égua selvagem que não se deixa domar e, ao parir, urra de dor. Sabe que assim que nascer, alguém vai tomar o filho. Ao encontrar outras mulheres que estão confinadas no mesmo vazio, ela se deixa levar pelo mesmo sentimento. O que tinha até então era uma memória imprecisa, distorcida pelos constrangimentos por que passou e tingiu de cores tristes o que poderia ter sido um acontecimento importante e significativo. E talvez esteja lá esquecido, protegido do tempo por lajotas de cimento, e ganhou o nome de um passarinho qualquer.

Quando você é pequeno tudo parece grande...

Conheceu pouco a mãe, nunca dizia seu nome, não lembra se elas se parecem fisicamente. Talvez agora mais velha, pudessem encontrar algum traço em comum, mas não guardou nenhum registro. O que encontrou usou numa colagem onde os rostos familiares transformaram-se em outras figuras. Sobre ela, sabe o trivial. Uma mulher que teve de tudo: casa, joias, empregados, paixão por tapetes orientais, cachorrinhos peludos e óculos escuros, que mandava trazer do exterior. Nunca precisou trabalhar, e a casa onde foi criada era cercada de segredos.

Sua história começa e acaba em outras mulheres que, como ela, se abasteciam dos próprios reflexos, liam as mesmas revistas, usavam modelos parecidos, repetiam em casa os mesmos cardápios e pareciam não se importar com nada que acontecesse fora do seu domínio. A liberdade que pensavam ter em relação às próprias mães era suficiente. Podiam ir e vir, aos pares, ao cinema e ao parque sem serem importunadas. Em geral, voltavam antes de escurecer ou com motorista particular. Eram brancas, com cabelos lisos ou anelados, deformados por esculturas feitas com laquê. Os clubes esportivos, a piscina, o salão de festas eram o núcleo central de suas rotinas. O parque de diversões onde se admiravam e se exibiam, enquanto as babás corriam atrás das crianças. Com chuva ou sol, ia ao clube todos os dias. Alterava de humor com frequência, deixando os filhos na expectativa. Tinha enxaquecas terríveis. Em momentos de melancolia, costumava se confortar com o Collie que trouxe de uma viagem à Argentina. Ficou inconsolável no dia em que o cachorro morreu, ao soltar-se da guia que também trouxe da Argentina. Enigmática, evitava transparecer as emoções, a não ser pelo tique nervoso. Por isso usava unhas postiças que Sara gostava de pintar quando a mãe, adormecida, ou meio bêbada, deixava a filha brincar. Talvez tivesse a mesma vocação de Fred para ser infeliz e não se adequar, mas foi domada, educada e viveu cercada por limites rígidos, enquanto morou na casa dos pais. Desde os quinze anos, consultava-se com um psiquiatra uma vez por semana. Os remédios, antidepressivos importados e cobertos por uma fina camada de açúcar, ela teve que esconder num armário bem alto, depois que Fred os experimentou.

Apesar do caso abafado, se envergonhava do pai, encontrado no quarto dos fundos, o corpo afundado sobre Rosália, ancorado pelas pernas morenas da empregada, que o sustentou até que alguém viesse procurar por ele. Não podia deixar o patrão caído no chão de caibro e cimento cru. Sem saber de quem se tratava, Sara e os amigos riram e debocharam quando escutaram que um velho tarado havia batido as botas por cima da empregada. Pouco tempo depois, o assunto desapareceu das conversas, junto com as gravatas borboletas do avô, dono de fazendas de cacau na Bahia.

Sara nunca conseguiu entender o que a mãe sentia, o que ela queria, além da casa arrumada e das festas que preparava com dedicação. Soube um dia que a mãe quis ser advogada, mas os planos mudaram quando engravidou e casou. Nunca lhe pareceu ressentida ou arrependida das escolhas que fez. Esposa-trofeu de um ambicioso engenheiro que prosperou com a construção dos primeiros arranha-céus na cidade. Bem-sucedido, ele escondia de todos a sua origem humilde. Mantinha a própria mãe isolada no subúrbio, a alimentava com visitas rápidas, esporádicas e um cheque mensal.

O pai soube aproveitar as oportunidades que surgiram em seu caminho. A mãe de Sara foi a melhor delas, e os dois se encaixaram. Conheceram-se numa festa, no clube, onde ele entrou pela porta dos fundos de penetra, numa recepção de bacanas. Ao se apresentar, fingiu ser outra pessoa, inventou um passado interessante, aventureiro, que leu num folhetim, enquanto esperava o trem, a caminho do trabalho. Funcionou. Sem ter como prosseguir com a mentira, depois de algum tempo, achou melhor revelar a verdade. A mãe de Sara não se importou, combinava com sua pretensa e frágil rebeldia. Ele tinha olhos doces e sabia contar histórias como ninguém. Casaram-se, combinando interesses. Ela, com carta branca para gastar, enquanto ele entretinha as visitas. Nenhum dos dois estava preparado para ter filhos, mas isso não estava em discussão. Após o nascimento de Fred, a mãe escolheu ligar as trompas, por precaução.

A vida seguiu sem sobressaltos, os dois assentados, ela medicada, enquanto ele conquistava novas posições no mercado imobiliário. Não contava que o amor, o imponderável, pudesse bater em sua porta e fosse justo o irmão do marido, uma figura apaixonante e ímpar, o único capaz de tirar a mãe de Sara das dependências do clube, e levá-la para escapadas eventuais num quarto e sala do subúrbio. Então as enxaquecas e as traições avançaram sobre o casal, arrastando os filhos também.

Sara desconfiava, mas sabia muito pouco do enredo que cercava a existência dos pais. Viviam em mundos paralelos onde os filhos faziam só uma figuração. Dedicou a eles menos que um capítulo de seu diário imaginado em noites insones, em Nova York, no Chile, em Berlim e por onde passou num exílio que se tornou voluntário. Nunca ocuparam, os dois, um lugar específico em suas lembranças, a não ser pelas brigas com Fred, e os embates violentos entre pai e filho, quando as constelações emergiram. Discreta e comportada, quase ausente, Sara tornou-se apenas uma sombra na família. E não se deixou enredar pela falsidade do mundo em que eles viviam. Partiu mais cedo, ainda sem asas, e sem a menor proteção. Não se lembra de ser amada, em momento algum, mas nem por isso deixou de fazer o que quis. Nunca pensou no pai ou na mãe como uma perda, agora sim.

Se levantar uma pedra, você verá algo embaixo

Sara fecha a conta do hotel e leva as informações e os contatos que conseguiu na Lan House. Ainda não sabe o que vai fazer, mas sabe que não é mais a mesma pessoa que embarcou nessa viagem numa busca solitária. Liga para o vizinho, pergunta pela correspondência, as plantas, o conserto da estrada? Após hesitar alguns segundos, indaga: quer saber se alguém a procurou. A negativa não a surpreende, mas ela se dá conta de que a expectativa sempre existiu, estava só adormecida. O vizinho, por sua vez, revela que o corretor interessado na propriedade passou por lá outra vez, e lembra que eles fizeram um pacto de expulsar todos os interessados até que estejam mortos o suficiente e não possam impedir a partilha daquele santuário de mal-humorados. Sara agradece, liga em seguida para a agente e avisa que vai precisar trocar algumas fotos da exposição. Não dá detalhes e também não dá confiança às reclamações costumeiras, pois sabe que as novas imagens irão se monetizar e gerar lucro aos envolvidos. Em pouco tempo, poderiam estar enfeitando as coberturas de jovens abastados do mercado financeiro, mas essas não, pois não estarão à venda.

Entra no carro e procura no mapa a cidade onde vários casos de adoção aconteceram com grande frequência. Envolvendo médicos, enfermeiras e advogados, difíceis de serem rastreados e acusados.

Ao chegar, dirige-se ao cartório e mente dizendo que está fazendo uma pesquisa. Trabalha numa ONG que deseja destinar recursos a crianças que foram separadas dos pais e se encontram sem os registros atualizados. A atendente, muito jovem, tem boa vontade e se dispõe a procurar. Ela entra na repartição e deixa Sara à espera. Quando retorna, sua atitude é outra. Não há como liberar os registros. Só o responsável poderia entrar com o pedido, e ainda assim, dependendo do caso, passará por uma triagem. Sara quer saber que tipo de triagem. A menina, incapaz de responder, diz que são ordens, foi o que disseram, ela só está ali para ajudar com o xerox, cobrar as segundas vias e os documentos pendentes. Sara altera o tom, a menina se assusta, diz que gostaria de ajudar, mas foi avisada: não é permitido abrir ao público documentos classificados como restritos. A voz de Sara sobe ainda mais, ela perde a paciência. O gerente chega em seguida e encerra o assunto. Ali não é lugar de ONG meter o nariz onde não deve, e se foi Sandoval que mandou, ele vai se ver com ele, e mesmo abaixando o tom, engolindo a raiva e pedindo desculpas, dizendo que só quer ajudar a esclarecer casos antigos, Sara é posta para fora.

No botequim da esquina, Sara descobre que Sandoval, desafeto do gerente e agora desempregado, passa as tardes na praça jogando baralho. É um homem forte, usa uma barba cerrada, fala grosso com os homens que jogam com ele, mas não tem o costume de encarar no olho as mulheres. O sotaque é do interior. Sara aguarda o jogo terminar e o aborda. Troca a história da ONG por uma mais simples. Uma tia de quem gosta muito e se encontra adoentada perdeu o registro da filha e não tem como colocá-la em seu testamento. Conta que o gerente mal-humorado a expulsou do cartório porque não foi com a cara dela. Será que ele não poderia...? Sandoval concorda, o homem é uma besta, perdeu a partida e não aceitou a derrota, mas ele não tem como ajudar. Melhor ela pedir outra vez, explicar a gravidade do caso. Sara insiste, a mulher está morre não morre, precisa da certidão. Se pudesse ainda hoje. Sandoval, desconcertado, não diz nem que sim nem que não. Ele não pode ajudar. É ex-funcionário e brigado com o gerente, a suspeita cairia sobre ele com facilidade. Mas tem um sobrinho que talvez pudesse dar um jeito. A fechadura do cartório é fácil de arrebentar. O gerente, pão-duro, escolheu a mais em conta, de má qualidade, quando foi arrombado da última vez. Ela não é a primeira a procurar uma certidão perdida. Barato não vai sair, mas vai resolver. Sara concorda com uma condição: quer entrar no cartório junto com o rapaz. O combinado é se encontrar com ele na pick-up, assim que escurecer. Sabe que as fotos não terão qualidade, mas terão valor.

No escuro, com a ajuda de uma lanterna, eles acessam os arquivos. Sara fotografa o que pode. Em uma das pastas, encontra certidões rasuradas com alterações grosseiras que confirmam o que ouviu. O rapaz pede que se apresse, mas ela ignora. Enquanto procura informações, ouve um barulho. O rapaz insiste, eles precisam ir antes que entrem. Já cumpriu pena, não está a fim de cumprir outra vez. Do lado de fora, alguém acende uma luz, e ele aproveita para fugir pela janela dos fundos, deixando Sara para trás. Sem opção, ela se esconde debaixo da mesa, prende a respiração. Não vê ninguém, mas ouve quando entram na sala. Reconhece a voz e aperta a máquina contra o peito. O arquivo com a gaveta aberta a denuncia. Num gesto de desespero, decide enfrentar. Vai falar da tia à beira da morte e da herança de grande valor. Tem dinheiro suficiente para distribuir entre aqueles que se dispuserem a ajudar.

Mas não dá tempo, ela nem abre a boca. Ao sair de baixo da mesa, uma dor lancinante no joelho a derruba outra vez. Mesmo com dor, esconde o filme dentro de sua calça. A máquina é levada, e do lado de fora, alguém pisa nela com força suficiente para a destruir. Ela acorda do lado de fora, na calçada úmida, com o rapaz lhe cobrando sua parte na negociação.

De volta ao carro, avalia os próximos passos. Ainda não quer voltar, mas para continuar na estrada, precisa comprar uma máquina. Não sabe se as fotos irão ajudar na busca das outras mulheres, mas é o que pode fazer, por enquanto.

Permanece um tempo pensando nas histórias que ouviu, nos rompimentos, mas tudo isso agora ela vê com outros olhos. Está na hora de juntar o que conseguiu e seguir adiante, de fazer o que sabe fazer. Não se trata mais do que aconteceu com ela. Seu caso é também coletivo. O efeito do remédio lhe dá forças para prosseguir. Para num bar e organiza por ordem os registros que descobriu, já imaginando o roteiro. Pretende passar de casa em casa e vai encontrar uma forma de fotografar essas mulheres e suas ausências. É o que pode fazer.

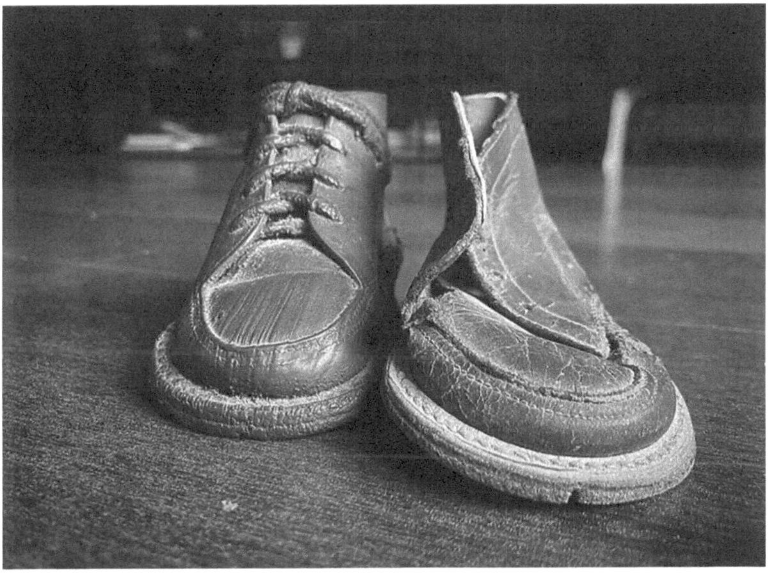

Do que se trata, quando não se sabe a razão

Seguindo pela estrada vazia, Sara se aproxima do litoral e sente a mudança do clima no ar. A cidade pequena não oferece muitas opções. O comércio em volta da praça é acanhado. Alguns restaurantes e lojas de material de construção se destacam. Ao longo da via principal, ela encontra uma papelaria que vende presentes e utensílios domésticos sem muito luxo. O dono do estabelecimento tem os cabelos grisalhos e uma cicatriz do lado esquerdo do queixo que tenta encobrir por baixo da barba rala. O sotaque é de algum país da América do Sul. Fala sem pressa, mastigando as palavras, enquanto diminui o som para que possam conversar melhor. Sara pergunta se ele vende máquinas de fotografar. Ele diz que ela está com sorte e mostra a última da remessa que comprou para o Natal. Todas foram vendidas. Em seguida, ele se apresenta, veio de férias para um verão e acabou ficando. Não existe lugar melhor, ele diz. Compartilha com ela o gosto pela fotografia, cita alguns fotógrafos que admira e diz que acaba de construir um quarto escuro, pergunta que técnicas usa, se quisesse, já está convidada a conhecer...

Por um momento, ela pensa, quem sabe? A cidade é agradável, poderia ficar um tempo por lá, trabalhar as fotos, enviar com calma o que saísse melhor. Aceita o convite e se compromete a voltar no final da tarde. Enquanto isso, vai procurar uma pousada. Não há nada de mal em puxar um pouco o freio de mão. Ficar por uns dias, sem tanta pressão. Apesar de empolgada com a ideia, não revela seu nome verdadeiro. A mentira sai de sua boca com facilidade, é o que costuma fazer. Tem colada na pele a personagem difícil que escolheu envelhecer no anonimato e lhe deixa confortável, mas quem sabe, dessa vez, possa ser diferente?

Em seguida, ele mostra o quadro com dedicatória que ganhou de Pierre Verger quando passou por ali em direção a Salvador. Os dois tinham muito mais cabelo, é o que ele diz, com um meio sorriso, sem saber se ela está se interessada em tanta falação. Enquanto ele coloca a foto com cuidado de volta na moldura, ela se deixa levar. Não voltar é uma possibilidade. Não importa o nome que irá usar. Então ele diz: talvez possam jantar.

Se quisesse, ela poderia ir ao encontro e usar o vestido que trouxe na viagem e está guardado no fundo da mala. Se quisesse, no dia seguinte, poderia até mesmo tomar um pouco de sol, deitar na areia, esticar as pernas e os braços. Se quisesse, poderia passear, com ele ou sozinha, sem olhar toda hora para trás, como faz enquanto dirige, buscando no passado uma resposta para o vazio ou um sentido para a dor. Mas está viva e precisa lidar com as consequências. Então ela se despede, diz que volta mais tarde. Nesse instante, tudo parece possível.

Flutuando sem gravidade

O dia fresco e ensolarado na medida certa contribui para o seu bem-estar. Escolhe uma pousada de frente para o mar, com poucos chalés distribuídos por um areal misturado à mata nativa. Descobre que precisa de mais dinheiro. Liga para a agente e pede que transfira para sua conta. Manda revelar o trabalho e avisa onde está, o que a surpreende. Diz que volta em breve, mas ainda não tem a data certa. Chegará a tempo, promete.

No dia seguinte, vai à praia sem pensar duas vezes. Falta ao encontro com o gringo de barba rala, mas usa o vestido para caminhar na areia. E se não é uma revolução, é uma trégua com ela mesma. Não precisa brigar tanto o tempo todo. O joelho anda quieto, bem-comportado, vê isso como um sinal, a trégua se expandindo, ocupando o corpo cansado e entupido

de antibióticos que brigam entre si para ver qual deles é o melhor. No final do dia, come com apetite um peixe grelhado na churrasqueira, preparado por mãos competentes e silenciosas, que a deixam em paz sem dizer palavra. Deitada na varanda, espera o dia anoitecer. Espera pelas estrelas, lembra-se do irmão e o acolhe em seus pensamentos.

Tudo muda da noite para o dia

Acorda bem cedo e se aventura num mergulho prolongado. Não é habituada com a água fria e doce do rio, mas está disposta a experimentar. Após o mergulho, descansa na areia, próxima aos pescadores que estão dividindo o ganho do dia, compartilhado por igual entre os três. No fundo da rede, uma lagosta, ainda viva, se debate. Sara resolve a questão com uma oferta irrecusável, e assim que os homens se retiram, ela devolve a lagosta para o mar. Se Fred estivesse com ela, faria o mesmo. O acontecimento é também um chamado que chega sem avisar. Mas ela só vai entender quando estiver de novo na estrada. Ao se hospedar, Sara assinou a ficha da pousada dizendo chamar-se Raquel. Por isso a demora. Só dois dias depois do desaparecimento do irmão é que ela recebe a notícia.

Prudência é coisa dos vivos

Fred inventaria uma história para a lagosta. De sua garra faria uma espada. E viajariam por países desconhecidos. Foi o que disse uma vez, sobre os sapos que criava no lago da casa de campo e levou para uma excursão na mochila escolar. Sua compreensão para as regras têm um percurso diferente do habitual. É incapaz de se adaptar. Apanhou muito na escola, e passou a bater também. Quem sabe, um jardim de frutos do mar, e uma fonte onde jorrasse pílulas coloridas, para alimentá-las? Em momentos de euforia, uma ideia puxa a outra, e ele cria mundos imaginários repletos de ação. Em outros, sucumbe e se deixa levar. Prostrado, olha para o teto, aguardando algo brilhar. Algumas vezes, pega o caderno e faz anotações.

Foi nessa época que Sara descobriu que Fred entrava no quarto dos pais, escondido. Enquanto eles enxugavam garrafas e entretinham os amigos, Fred abria a gaveta da mesa de cabeceira da mãe e pegava cartelas do remédio que ela usava. Por isso, muitas vezes mãe e filho se encontravam na mesma sintonia. Pouco tempo depois, Fred deduziu que os remédios haviam sido trocados de lugar e agora ocupavam a prateleira mais alta do armário do banheiro. A mãe nunca desconfiou porque ela mesma não tinha controle de quantos comprimidos tomava. A alteração de comportamento de Fred não era creditada a indústria farmacêutica e sim a uma rebeldia que alguém deveria domar. Falta de modos, falta de bons exemplos. Ninguém quer ficar com Fred. E ele, com quem queria ficar?

E a folha volta para o galho, muito depois de caída

Não tem como ignorar o chamado. Enquanto se prepara para partir, Sara decide fazer outro boletim de ocorrência, desta vez, em busca do irmão: vivo, perdido, e habitante de um território desconhecido. Sem querer encarar outra delegacia, vai até o centro da cidade e procura um lugar para fazer a ocorrência online. Descobre que é possível filtrar a consulta por faixa etária, região, pelo período de desaparecimento e pelo nome do desaparecido. Preenche os campos e informa o nome completo, a idade, número do documento, que sabe de cor, mas empaca na pergunta: A pessoa já desapareceu outras vezes? Sim, Não, ou Não sei dizer. Com um incômodo no peito, marca a última opção.

Ao finalizar, descobre que após o boletim ser registrado, a polícia pode acionar um alarme para os policiais próximos ao local. Eles advertem também que falsidade ideológica e falsa comunicação de crime ou de falsos desaparecimentos configuram crime. A pessoa que notificou o desaparecimento poderá receber a visita de policiais civis para entrevista pessoal sobre o delito notificado. Ao ler a última mensagem, Sara hesita, mas concorda com os termos.

Lembra-se da primeira vez em que levaram Fred para a internação e que ele, sem entender aonde ia, estava tranquilo e não ofereceu resistência. Na despedida, diz a Sara que precisa, sim, tirar férias mentais, férias dos afazeres e das vozes que ouve e não consegue anotar com a atenção necessária.

Sara abandona a pousada sem se despedir de ninguém. Ao sair da cidade, para na papelaria e deixa um envelope com um retrato em preto e branco da sua última exposição.

O Pequi é uma árvore que morre por dentro

Houve um ano especial em que foram felizes. Na sua lembrança, aquele ano concentrou a leveza de uma época que não incluía pensamentos de um começo ou pensamentos de um fim. Foi antes do fim. Não se recorda como o ano começou, mas sabe como terminou. Seus pensamentos se voltam para a casa que não está mais lá, e a família que não existe mais. Lembra-se da mãe andando para lá e para cá preparando a mesa, arrumando a casa, fazendo planos, comprando um vestido novo para a menina e uma bola nova para o menino, que preferia brincar com os insetos, mas sobre isso ela não dava a atenção devida. O importante é que a casa se movia e refletia uma felicidade temporariamente verdadeira.

Ela vê como se fosse hoje: a mãe abre armários, escolhe a louça adequada, certifica-se do brilho dos talheres, escolhe a cor rosa do bolo, pensa numa reforma para o telhado, no novo estofado e nas molduras que precisa comprar para as fotos que vão tirar. Os aniversários e o Natal sempre registrados na estante e em cima do piano. Esses ela recorda, foram os primeiros a serem quebrados.

Nessa época, Fred costumava trazer presentes de suas caminhadas. Ele as trazia no bolso e entregava para a mãe pedrinhas e insetos mumificados, até que um dia, o pai encontrou as pedras ainda sujas de lama no bolso de seu paletó de domingo e explodiu "ele não tem mais idade para isso, parece um débil mental, melhor não aparecer na sala quando meus amigos chegarem para o pôquer." E ao entender que era com ele, Fred subiu no colo da mãe, mas ouviu outro berro e um puxão, "muito menos, idade para colo, é ridículo, me dá vergonha", e foi nesse dia que Fred engoliu uma a uma as pedras desprezadas pelo pai, mas só as bem pequenas, ele disse para a enfermeira no hospital, enquanto estava sendo examinado.

A felicidade, ela lembra, aconteceu antes de Fred cismar de trazer as pedrinhas para a casa, antes de o pai passar a sair quase todas as noites, sem hora para voltar, da mãe ficar horas a fio no telefone conversando com o tio que foi morar no exterior, enquanto enxugava uma garrafa de gim quase sem perceber. A felicidade os alcançou naquela única semana, a casa mais uma vez reformada pela mãe, quando o pai colocou as estrelas no teto do quarto e disse, rindo, quem sabe um dia, vamos todos juntos conhecer as Supernovas?

Um tapete pode também ser uma ilha

Dirige com cautela. Dormirá no acostamento, perto de um posto, afastada o suficiente para não ser incomodada. Quer chegar o mais rápido possível na casa de repouso onde vive o irmão. O desaparecimento já completou 48 horas e não há sinal de Fred.

A casa fica num lugar isolado, distante da cidade, com poucas referências em seu entorno. Mas é possível que alguém o reconheça. E o leve de volta, ou o ajude. Mesmo que esteja perdido, vai estar bem. Não vai morrer de fome ou de frio, nem será devorado por animais silvestres. Não há onças por ali, nem ursos, ou gaviões. Somente Fred e sua imaginação. Talvez ele tenha passado a noite debaixo de uma marquise, ou de uma árvore frondosa. É capaz de estar atento ao vento passando por entre as folhas, ou ocupado com as formigas enfileiradas e sistemáticas que tanto admira.

Lembra que uma vez Fred lhe contou uma história que não terminava nunca: ele era o único habitante do reino de uma pessoa só. E nesse reino, não era preciso nenhuma explicação para um botão se abrir e uma flor mudar de cor de acordo com a temperatura. Lá, a água podia escorrer de cabeça para baixo, inundando primeiro o céu e em seguida se espalhando pelas reentrâncias que encontrava pelo chão. Lá, ele podia escrever na língua que quisesse. E não era preciso pular as linhas ao escrever frases longas, pois as linhas pulavam sozinhas. Então Fred fechava o caderno e dizia, do alto dos seus dez anos, que se interessava pelos arruinados. Ela se lembra de tudo isso porque nunca tinha escutado esta palavra. Arruinado. O mais importante, ele dizia, é que essa história só termina ao amanhecer, quando as abelhas, cansadas, tiram suas asas, e adormecem juntas, numa cama toda feita de mel. Zzzzzzzzzzzzzzzzzzzzzzzzzzz.

Ele pode estar em qualquer lugar, e ela não sabe por onde começar a busca.

E se ele não estiver lá?

Ao chegar, conversa com a responsável, mas não recebe nenhuma informação que lhe ajude. Ele fugiu, ela repete duas vezes, emitindo uma mensagem imprecisa e curta. Tudo o que a supervisora quer é não ser processada pelo desaparecimento de Fred. É assim que conduz a conversa. Sara pergunta pelo contrato: se não são eles os responsáveis, quem é? Quem recebe o cheque que ela envia todo mês? A mulher insiste, nunca durante todos esses anos, nenhum hóspede da casa desapareceu. Mas Fred é especial, ela provoca. Ele não se enquadra. E por isso veio para cá, diz Sara, sem paciência. É aqui o local reservado para os seres especiais, como o meu irmão.

O responsável pela segurança chega em seguida. Sara pergunta se ele sabe por onde Fred pode ter fugido. O funcionário aponta a estrada sinuosa e em seguida abana as mãos. Sara quer saber se deram por falta de algum pertence do irmão. O que sabem até agora é que ele não levou dinheiro ou documentos. Só a roupa do corpo, uma bolsa a tiracolo e um casaco. Ninguém sabe dizer se ele calçava sapatos, pois o par que ele mais gosta ficou esquecido debaixo da cama.

Ao imaginar o irmão caminhando descalço, Sara enumera as possibilidades. Ele pode ter seguido a pé, numa linha reta, até se cansar. Ou então pegou uma carona e a esta hora está longe dali. O responsável pela segurança retorna e avisa que encontraram pegadas perto da cerca de arame farpado, nos fundos do jardim. Ele emite um chamado e se coloca em ação. É só uma pista, mas o local será isolado de imediato e pode ajudar. A polícia voltará no dia seguinte, promete, trazendo um cachorro farejador.

A responsável diz a Sara que ela pode passar a noite ali mesmo e, se precisar de algo, a equipe do turno da noite está sempre disponível. Sara se recosta na cama que durante dez anos, embalou o irmão. Ao adormecer ela desperta com a chuva batendo no vidro, ensopando a grama, lavando todas as trilhas e levando junto com ela as últimas pegadas de Fred.

Uma criança não é um homem. Ela vira homem quando se solta dos braços da mãe e diz não

Acorda e não se despede de ninguém. Se não fizeram nada em 48 horas, prefere seguir sozinha. Não há o que esperar dessas pessoas. Antes de partir, passa pela enfermaria e repõe seu estoque de medicamentos. Para isso serviu a visita, ela pensa, sem ter com quem compartilhar a conquista reparadora.

Com gestos mecânicos, repete o que precisa fazer sem dar atenção a nada. Gira a chave, desliga o alarme, coloca o cinto de segurança, engata a primeira e deixa o carro deslizar pelo asfalto, primeiro com suavidade, em seguida com mais velocidade. Escuta no rádio que o tempo vai mudar outra vez e já vê as primeiras gotas baterem no vidro. Liga os limpadores, que se movimentam no mesmo ritmo da chuva que cai. Ou assim lhe parece.

Dessa vez, dirige bem devagar. Pela janela aberta, tenta avistá-lo, mas não tem coragem de emitir um som. A paisagem, repleta de arbustos bem aparados, muda de repente. Está deixando para trás a propriedade particular. Do lado de fora, agora é o mato que cresce sem direção, como cresceu o irmão.

Então, ela pensa o que estava evitando pensar: e se ele tiver desmaiado? E se foi levado dali? Talvez precise de ajuda, talvez tenha quebrado uma perna. Tem um pressentimento confuso de que não deveria se deixar levar por pressentimentos. São eles que minam a boa energia. Aquela que ajuda a sobreviver. É o que pensa.

Um policial a aguarda após a saída da propriedade, no cruzamento para a estrada principal. Ao seu lado, o cão farejador, incomodado em sua coleira apertada. Sara passa por ele sem reduzir, por pouco não atropela a pata do cão. Não quer responder a perguntas aleatórias que vão enterrar ainda mais suas chances de descobrir o paradeiro de Fred. No momento não tem palavras sensatas para explicar o que sente, então é melhor calar. Ela segue sem dizer nada. De alguma forma, está presa numa armadilha. E terá que descobrir um jeito de se reencontrar, pois não é só o irmão que está perdido.

O futuro da lembrança e a lembrança do futuro

Nada acontece por acaso. Enquanto acompanha as árvores do caminho, começa a acreditar que esse é um lugar comum que indica uma sabedoria ou ao menos uma constatação. Desde que voltou do exterior, não soube lidar com a presença do irmão. Cuida da parte mais prática: alimentação, agasalhos, revistas para distrair, fisioterapia para não perder o tônus muscular, óculos no grau correto e sobremesas variadas. É capaz de prover o necessário, mas entende que não deu importância aos sinais que o irmão emite. Aperte-me mais forte, ele disse uma vez. Mas ela o deixou escapar. Sente raiva e surpresa ao mesmo tempo por tê-lo ignorado.

Já na estrada, para em todos os lugares que ele pode ter parado. Sente-se otimista pela manhã, mas o pânico se torna um problema ao entardecer. Oscila entre duas realidades: o desespero e a alegria se de fato o reencontrar. Mesmo que ele estivesse perdido dentro dela há tantos anos, está feliz porque ele existe, é brilhante e enche-a de orgulho. Durante todo esse tempo, ele foi fiel a si mesmo e talvez ainda tenha a sorte de encontrar cogumelos em seu caminho.

Do que é preciso ter certeza?

Lembra-se da última refeição que fizeram juntos, a família reunida, em torno da mesa de jacarandá, o perfume da madeira ocupando o salão decorado, o pé direito tão alto que eles, quando pequenos, imaginavam que o teto da sala chegava perto do céu. O jacarandá derrubado veio da fazenda do avô. O marceneiro trabalhou ali mesmo, pois as tábuas eram muito pesadas. Obedecendo ao patrão, sangrou o centro da tora quando entalhou o monograma da família. Finalizou o serviço com uma camada generosa de óleo de peroba, que faz a madeira brilhar. Carvalho, Cumaru, Maçaranduba, Jatobá, Ipê, Fred repetia sem se cansar. Estava feliz, decorou todas as árvores da fazenda do avô, que não veio para a festa, usando uma desculpa qualquer. Sua ausência foi sentida pelo menino, pois não haviam outros convidados. Só a família, que já estava para chegar. Eram poucos, mas prestavam atenção em tudo e distribuíam olhares de pena ou condescendência quando alguns acontecimentos saíam de controle.

Onze anos. Queria usar uma capa feita por ele com o musgo verde do jardim, e o musgo fedia, mas era essa sua roupa de festa, ele disse. E na discussão, o traje foi arrancado sem pena. Contrariado, Fred retalhou o coração do jacarandá com o canivete suiço do pai. E este, ao correr para alcançá-lo tropeçou e bateu com a cabeça na quina da mesa, provocando um corte no supercílio. Mesmo machucado, alcançou o filho e desceu a mão com uma força, até aquele momento, desconhecida.

Então, as mentiras ensaiadas no caminho para a emergência. Não era para ter saído de controle, embora ele merecesse. Foi ele que provocou, concorda a mãe acuada e também preocupada com seu encontro marcado para essa mesma tarde, que seria uma tarde normal.

A sensação de irrealidade é o que vem em seguida. Fred corre, o pai o alcança, ela já com quatorze, na véspera de completar quinze anos, por isso tem a permissão antecipada, pode ficar com os amigos sem hora para voltar.

E em poucas horas, logo após o problema resolvido, o pai e a mãe terão abandonado Fred com a babá, mesmo que ele esteja febril e irrequieto, e vão começar a beber com os amigos mais próximos, cada um cobiçando o casal alheio. Sem grandes sobressaltos, pois é assim a vida daquela gente. Ninguém se preocupa com Sara, ela não costuma fazer nada fora do normal. É apenas uma menina descobrindo uma coisa ou outra.

Onde você estava quando tudo aconteceu?

Lembra também do chão de madeira, a mesa de jacarandá, as cadeiras, os pratos de porcelana francesa, os álbuns da família, as toalhas de renda da ilha da Madeira, os livros de arte, os recibos organizados por data, o cortador de papel, os carimbos com monograma, o relógio de carrilhão, os azulejos da piscina, as panelas, o sótão, os vinhos do pai, as taças da mãe, o Martini, a massagista, os cachorrinhos de estimação, os sapos no chuveiro, algumas risadas, o filtro de barro, os empregados, os uniformes engomados, o cheiro enjoado da prataria sendo areada, o alojamento dos empregados, o cheiro de mofo, as camas estreitas, o abajur chamuscado, o cobertor que arranhava, o mesmo usado nos cavalos na estrebaria. O pomar, as flores, os cinzeiros sempre cheios, o câncer de pulmão. Um kilim, outro kilim, um Bijar, o Hamadã, o Isfahan, o Nain, o Xiraz, o Tabriz e o musgo verde enfeitando a capa de Fred, tão linda. Ela o ajudou a costurar.

A única coisa que importa é o que vem depois

A lembrança do casaco de musgo é o sinal que aguardava, o fio que os une. Ele deve ter um plano, e deu um jeito de voltar. É o que pensa, enquanto procura a cartela de comprimidos que trouxe da casa de repouso. Abastece o carro mais uma vez e se compromete a atravessar a noite ao volante. Escolhe com atenção os CDs que vai escutar na viagem, deixando para o final os favoritos. Tem uma provisão de chiclete e cafeína suficiente para se manter desperta. Calcula a distância que os separa. Só uma noite e estarão juntos outra vez.

Após vender o apartamento dos pais na cidade, Sara decidiu viver na casa de campo da família onde passavam as férias de verão. A reforma da casa foi feita em etapas. Arrancou as cortinas pesadas, doou a mobília e deu uma nova cor a cada quarto. O pé direito alto permaneceu intacto. Deixou à mostra as vigas de sustentação. Aos poucos foi se isolando, mas tudo feito na medida certa. Podia trabalhar à distância, encontrar a agente quando necessário e programar as exposições. A carreira e o sucesso vieram sem sobressaltos. O que mais gosta é que o trabalho fala por ela. Não precisa de explicações. São flagrantes, denúncias e registros de coisas belas que colhe em suas viagens. Ao assumir a casa, trabalhou arduamente para modificar o terreno. O bosque, ela mesma plantou. Ocupou-se com o trabalho, e não teve tempo ou disposição para ligações mais profundas. Evitou relacionamentos que tivessem possibilidades dramáticas. Não engravidou outra vez e não se arrependeu. Não confia em ninguém e evita os pensamentos sombrios com caminhadas, água fria e projetos de exposições.

Mesmo ignorando, aos quinze anos cruzou um terreno emocional difícil e trepidante. O que se pode dizer é que alguém mudou de ideia no meio do caminho, e isso foi o suficiente para a família ruir. Não possuíam bases sólidas. Não gastaram tempo discutindo o assunto. Se a culpa foi da mãe ou do pai, não importa. Os dois irmãos foram atingidos, cada um de um jeito. Resta a eles sobreviver. Nasceram em berço de ouro, como se dizia na época. Tinham de tudo, mas faltou-lhes o chão.

Tudo igual e tudo tão diferente

O poço, ela mandou construir ao lado dos ciprestes, rodeados de mudas de bastão do imperador. Ao chegar, larga a bagagem na entrada de casa e corre até lá. É um lugar de memórias, boas e não tão boas assim. Ali ela lia para Fred seus livros favoritos, e em alguns ele repetia à exaustão. – *Onde fica a saída? Depende. Depende de quê? Depende de onde você quer ir. Quando acordei hoje de manhã, eu sabia quem eu era, mas acho que já mudei muitas vezes desde então.* Misturava as falas do gato e de Alice, tentando entender os labirintos deste pensamento tão libertador.

Deitados numa cama de folhas, eles acompanham a mudança das estações, se acham invencíveis. Nada pode detê-los. Minhocas e besouros são bem-vindos e estudam com eles as constelações.

Naquela época, eles respiravam o ar fresco da montanha até ficarem tontos, aguardavam o Natal com ansiedade, apanhavam quando saíam da linha, faziam as refeições com os empregados na cozinha, não gostavam de sopa, nem do dentista, temiam os mendigos que pediam esmola do lado de fora da escola que frequentavam. Tinham medo dos loucos, de pegar varíola e bicho-de-pé. Àquela altura, já estavam aprendendo que não há verdades definitivas. As regras variam conforme as necessidades dos adultos. Não pegariam varíola porque foram vacinados, não pediriam esmolas porque eram ricos, não levariam bomba no final do ano, porque os ricos não repetem de ano. Não tomariam sopa para sempre, pois iriam crescer, experimentar outros cardápios e iriam fazer as refeições na mesa da sala. Só muito mais tarde iriam descobrir que, mesmo bebendo da mágica água do poço, não seria possível desfazer o que foi feito.

Com esforço, Sara tenta abrir a tampa do poço, mas tem dificuldade em mover a pedra, muito pesada. Ainda é cedo, não há ninguém por ali. Ela insiste e, com esforço, consegue. Bebe um pouco da água, sente-se regenerada. Um vento frio marca sua presença, desarruma os galhos e faz voar as folhas mais leves. Ela lembra que deixou o casaco no carro. Sente frio e uma leve tontura. Em seguida, ouve passos e a batida acelerada do coração. Um jardim sobrevive por ali, pouco pisado. Ali é onde ele poderia estar tomando sol. Tem mais de 50 anos e precisa de vitamina D. Será que ainda toma cogumelos?

Eu não sou louco, minha realidade é apenas diferente. Fred disse a ela assim que eles se sentaram na grama úmida para conversar.

Para as estrelas, nós é que estamos fora de foco, há milhões de anos-luz

Onde você esteve? Onde você esteve esse tempo todo que eu não te vi? Fui eu que me perdi de você? Ele tem os cabelos mais ralos e fios brancos crescendo desordenados. Fala numa língua estranha, mas ela entende o que ele diz e quer saber por que ele fugiu. Ele diz que não sabe. O porquê o tira do sério. Foi por isso que fugiu. Não queria mais explicar. Explicar é cansativo demais.

Então ela repara. Onde será que ele arrumou esses sapatos? Se ele veio descalço... Nota que os sapatos estão grandes, e ele caminha com dificuldade, tentando firmá-los nos pés. Talvez, se ela der um nó mais apertado. Repara outra vez, é o sapato do pai. E no outro pé, o sapato do avô. Couro italiano. Cheiro de vaca morta, eles diziam, para provocar. A morte começa pelos sapatos. Esse é um pensamento sombrio, e ela o espanta rapidamente. Ele nem percebe que ela pensa o que ela pensa, senão poderia fugir outra vez, e isso não pode acontecer.

Ele se afasta e retorna com uma carcaça. Ri, um riso nervoso. Ele se preocupa, como vão se alimentar? Ela o tranquiliza. Eles podem cozinhar mais tarde. Ele não entende, diz que a cozinha pode se tornar um campo de batalha. As facas podem voar. Ela entende que, na cabeça dele, há um labirinto, e alguns verbos dolorosos do passado são conjugados no presente. Mas não há de ser nada, ela diz, porque as memórias não machucam duas vezes no mesmo lugar. Então, ele ri outra vez, dessa vez um riso mais descansado. Parece que deixamos as brigas para trás, ela diz. Estamos velhos, e isso agora é muito bom. É a melhor notícia possível.

Procuram o pé de abacate, as amoras, alguma coisa eles vão encontrar, ela diz, otimista. Mas não se contém, quer saber o que aconteceu? Por que fugiu? Sem falar com ninguém? Ele fica em silêncio. Ela insiste. É o que fazem as pessoas normais.

Eu saí, sem olhar para trás. Fui até o bosque e me sentei debaixo de uma árvore, numa pedra lisa que me acolheu, e fiquei por lá. Fiz algumas anotações. Em seguida adormeci. E no dia seguinte, encontrei no meu bolso a metade de uma tangerina. É o suficiente para nós dois, você não acha?

Então ela entende o porquê. É uma boa surpresa. Estão seguros. Nunca foi otimista, mas tem que dar o braço a torcer. Está tudo indo bem. E ele tenta explicar o que não tinha explicação. Eu lembro daqui, ele diz. Lembro de nós, e do poço também. Você adorava fingir que era duas pessoas. É..., não foi há tanto tempo assim. Ou eu não teria mais a tangerina. Então ela o abraça e não há mais nada a explicar.

O espinho não machuca a flor

Reconhece a letra miúda de Fred e os rabiscos que escrevia em qualquer lugar, na madeira, na mesa de cabeceira, nas cortinas, dizendo que era um teste de caligrafia. E assim provoca a ira do pai que ameaça, já com o cinto na mão. Não é para isso que pagam um colégio tão caro. E vem a resposta, em letras sublinhadas e sinceras: ele não pediu pra nascer.

Sara fica feliz em saber que Fred manteve as vogais caprichadas e a letra bem desenhada. Então ele mostra o que trouxe escondido no interior do sapato do avô:

Repetir, repetir, até ficar diferente,
É assim que começa. Entender do que se trata,
Entender cada vez menos.
Tratar-se. Catarse.
A busca, a bula, os remédios, que provocam outra busca.
Enfrentar os terminais nervosos que andam agitados por aí.
Assim caminha a humanidade,
Enquanto embrulha e desembrulha as pílulas.
Pílulas de segunda, de terça, de quarta, de todos os dias.
Pílula da madrugada, da noite que virou dia.
Pílulas do esquecimento. Da revolta dos terminais nervosos.
O nirvana enervante que está contido na raiz forte do pensamento côncavo
Puxa o tapete da ciência, porque não há remédio.
Repetir, repetir, até ficar,
Indiferente.

Sendo muito peculiar, adora fingir que é outra pessoa

O dia passa sem que sintam o tempo passar. Não é preciso voltar para casa. Não por enquanto. Eles comem só o necessário, o que encontram caído pelo jardim. Os raios de sol que penetram por entre as árvores são pura vitamina D, diz Sara. Eles apreciam o calor. Estamos velhos, mas não estamos mortos. Ela diz.

Sara decide levar o irmão com ela na inauguração da exposição. Ele vai gostar da galeria. É um lugar especial. Fred poderia expor um dia, quem sabe? Ela se imagina chegando com ele, recebendo as pessoas. Então ela o apresenta para os curiosos: esse é meu irmão, andou escondido por aí, mas agora está de volta. Não é de muita conversa, mas escreve muito bem, ela dirá ao repórter, que vai pedir um registro dos dois, sorrindo para a câmera. Nunca gostou de dar entrevistas, nos últimos anos, recusou-se a recebê-los em sua residência. Manda por escrito o que acha necessário dizer sobre o trabalho, mas parece que está amolecendo. Coisas da idade, ela deixa escapar. Dessa vez, tudo será diferente. Talvez, nessa entrevista, ela até conte algum evento da infância, os dois aprontando, quem sabe? Tudo vai depender de como Fred reagir.

Um abismo de cada vez

As antigas roseiras e os manacás estão irreconhecíveis, secaram. Mas ela não havia percebido até então. Estava entretida com as memórias antigas e as novas memórias que foram surgindo durante a viagem.

Sara desperta com a roupa úmida de suor. O vizinho a encontra caída próximo a um barranco. Ela treme de frio e ele a protege com seu casaco. O que me preocupa é o joelho, ele diz, e em seguida improvisa uma faixa para estancar o sangue. Na posição em que está, não é capaz de enxergar o que ele vê. Deve ter sido uma queda feia, ele diz. Ela tenta mover a perna, sem sucesso. Ao apoiar o corpo numa pedra e mudar de posição, ela entende o porquê. A calça está rasgada na altura da coxa. O joelho rompeu e está exposto. O sangue escorre pelo tecido rasgado e recobre a grama, agora escura. Enquanto as formigas, atentas aos imprevistos da natureza, se fartam na ferida aberta.

Ela aceita a água que ele oferece e pergunta se é a água do poço de sua casa. Ele não entende e diz que o poço, ela mandou derrubar. A água estava contaminada. É lá que estão as bromélias e a horta que ela pediu para ele cuidar enquanto estivesse fora.

Sara olha em volta e reconhece o local onde estão. É o que restou da fundação do rancho antigo, que agora se mistura a mata. É preciso atravessar uma ponte estreita para chegar até lá. Não costuma andar por ali. O acesso é difícil. A cabeça lateja. Ela leva a mão à cintura, lembra-se das certidões que trazia com ela. E Fred, onde está? Ela pergunta. O vizinho diz que não viu mais ninguém. Conta que na noite anterior ouviu o barulho do carro e decidiu dar uma passada pela manhã. Foi o cachorro que a encontrou. Mas onde ele está? Ela insiste. Ele não deve estar longe, ele diz. Promete tentar encontrá-lo. Mas antes, vai levá-la ao hospital.

O musgo ninguém convidou, mas ele se instala por toda parte

O musgo é o que sobra de tudo

Sara está por um fio, o joelho todo bichado, como disse a enfermeira novata, encarregada de limpar a ferida. Tudo irá depender da reação do corpo aos antibióticos, da capacidade de regeneração, e da aceitação da nova prótese. Um quadro que só se estabilizará em vinte e quatro horas, ou quarenta e oito. Talvez seja preciso um pouco mais, diz o médico de plantão. Mesmo enfraquecida, ela se debate e tenta arrancar as agulhas espetadas em suas veias finas.

Por duas vezes, na mesma semana, esteve próxima do fim, e tem os batimentos irregulares.

O lençol é trocado todos os dias, o banho de esponja, diário, ela teria odiado, se estivesse em condições de odiar alguma coisa. Está muito fraca. Não se sabe se ela quer ou não sobreviver. Alguns médicos acham possível controlar o pensamento e com isso influenciar o que acontece no corpo. A neurociência aponta para este caminho. É o que diz o médico de plantão que sugere colocar a paciente voltada para a luz. Um estudo recente aponta que pessimismo e hostilidade podem favorecer o desenvolvimento de algumas doenças, portanto, seria melhor pensar positivo. Se ela escutasse essa conversa, enquanto a equipe médica analisa seu caso, teria colocado todos para correr.

A medicação é aumentada, o que talvez induza a novas recordações. Parte do que sonhar nesse período ficará num canto, adormecido. Mas alguns fragmentos ela poderá recuperar.

A vítima não diz nada, mas diz muita coisa

Logo após o fiasco da comemoração dos onze anos de Fred, Sara encontra os amigos das redondezas, que estão por ali, à toa, gastando o final das férias. São seis ou sete jovens, todos com idade parecida e estão no jardim da casa de um deles, jogando mímica. Sara acerta *Amor, Sublime amor* e *Psicose*. Alguém acerta *Um corpo que cai*. A disputa provoca reações apaixonadas. Alguém chega com uma garrafa de gim. Bebem na boca da garrafa, passada de mão em mão. Quando um deles diz: vamos continuar a bagunça no celeiro? Ela pergunta o porquê, ali, ao ar livre está tão agradável, mas então outro fulano, alguém que ela não conhecia, diz que no celeiro eles poderiam interpretar cenas do filme. Alguns diálogos sabem de cor. Outros, é só improvisar. Todos gostam da ideia. Antes de ir, terminam o gim e decidem esconder a garrafa vazia debaixo de um arbusto. Um deles, mais afoito, sugere quebrar a garrafa para ver os cacos brilharem contra o sol, que está se pondo. É o que ele diz, enquanto arremessa a garrafa. Alguém traz outra bebida. Sara lembra do vidro dourado. No dia seguinte, não lembra de nada, ou melhor, lembra-se da frase: você está incrível com essa roupa, por que não tira?

Correntes

E do nada, vem a imagem do jardim, como costumava ser quando eram pequenos. Recorda que já passaram por ali muitas vezes em dias diferentes, uma terça que virou uma quinta e que um dia foi um sábado de manhã, os dias se somando na lembrança da trilha estreita. A ponte, o sol se embrenhando por entre a mata. As aranhas. A poeira que surge das plantas por onde eles passam, algumas vezes de mãos dadas, outras não. Da água retida nas folhas. Algumas plantas têm os veios mais profundos, onde se encontra a água. Outras são mais resistentes, mesmo com o sol forte. Os cactos, as suculentas, por exemplo. Mas não é capaz de lembrar como foi que voltaram para casa, nem na quinta, nem na terça, nem mesmo se era verão. O importante é que ela o trouxe de volta. Mas onde é que ele está? Dizem que está fora de perigo, é o que escuta quando um deles vem trocar o soro, ou o lençol. Ela não sabe se acredita na palavra desses médicos que creem que otimismo tem o dom de curar as feridas.

O fim já está no presente

Fred fugiu porque queria ficar em paz com seus pensamentos, é o que ela imagina, enquanto sonha, pois está medicada para se sentir leve, flutuar e impedir que as bactérias negativas e infecciosas atravessem sua corrente sanguínea.

Relutou em aceitar as próprias falhas. Mas reconhece que com os acontecimentos, foi se esquecendo do irmão. Não queria tê-lo deixado para trás. Fez o que era possível, mas apenas por ela. Atravessou o oceano sozinha e passou a maior parte do tempo garantindo o silêncio do que sentia e o apagamento de suas feridas. Nisso, acredita, foi bem sucedida. Deixou-se levar. Teve algumas realizações. Talvez se tivesse encontrado o filho, poderia ter um final diferente, mas não é disso que se trata. Não se perdoa por não ter feito nada, por não ter dito palavra, e não ter guardado com ela um pedaço da manta azul. E por não ter feito nada durante tanto tempo, de certa forma, ficou à deriva.

Passadas quarenta e oito horas, a febre diminui e as batidas cardíacas se estabilizam. O corpo sente o declínio da infecção. As bactérias estão indo embora. Não há espaços para arrependimentos, resmunga. Vai fazer o que sabe fazer de melhor, fotografar. O mundo já estava assim quando ela chegou, mas pode ser diferente.

Avançando e se perdendo

Ao acordar, já sem febre, recebe sua primeira visita. O vizinho deixa na cabeceira um vidro de mel. Floração silvestre, ele diz. Um mel suave, feito para paladares especiais, e pergunta se ela está melhor? Sara, ainda sonolenta, acena que sim. Ajeita-se na cama e repara no avental ridículo que está usando e como deve estar parecendo vulnerável.

A enfermeira se aproxima, quer ajeitar seu cabelo para o suposto marido. Se soubesse da visita, teria colocado um laço em seus cabelos, ela diz, achando que assim está exercitando a empatia e criando um vínculo com a paciente, como sugeriu o médico que acredita na teoria da positividade. Ao ouvir a sugestão, Sara emite um grunhido, como um cão mordendo a canela do dono. Trocaria o afago por um osso, é o que rosna, sem que eles entendam.

O vizinho, agora mais à vontade e falastrão, diz que em breve poderão se visitar com mais frequência, afinal, moram em casas próximas há séculos, mas um muro invisível os distanciava. Agora o muro caiu, ele diz. E emenda numa revelação curiosa: é pai de três filhos, sacrificou a vida por eles, que sempre tiveram do bom e do melhor, ela sabe como é, mas agora nenhum dos três fala com ele. O motivo? Um fulano apareceu exigindo um teste de paternidade. E ainda por cima é de cor, ele diz baixinho, pois a enfermeira poderia, quem sabe, se ofender? Onde já se viu? Ele repete. E enquanto desfia seu rosário, Sara imagina que pela idade, pela proximidade, ele poderia estar lá, no celeiro. Bobagem, isso é efeito da medicação, ela pensa. A enfermeira prepara o banho de Sara e a ajuda a se levantar. Antes de sair, o vizinho coloca o vidro de mel contra a luz, gosta do que vê e, contagiado, elogia Sara com um gracejo jovial: esse avental lhe cai muito bem. Mas ela não escutou. Já está no chuveiro, pensando no bife que pedirá para o almoço.

Um solo de silêncio e compreensão

O dia amanhece radiante, o céu sem uma nuvem sequer, tudo em seu lugar. A beleza do dia é um tapa na cara quando se está rodeado de incertezas. O corpo, moído, ainda se recente. Sara aguarda um parecer do médico para tomar a sua decisão. Pensa no irmão. Está sem notícias desde que foi internada. Atravessou uma ponte e um jardim ao seu lado num sonho, e isso é tudo o que tem.

Ainda não sabe o que a espera, mas sente que algo mudou. Aceita a vista cansada e as olheiras que percebe em torno dos olhos, aceita o corpo que tem agora, não é o corpo que gostaria de ter, mas fez o que foi possível. Entende que foi vivendo aos pedaços. Uma sobrevivente. Sobreviveu a omissão dos pais, ao filho que trouxe ao mundo e que, em sua ausência, definiu sua vida. Se conseguir reencontrar o irmão, vai levar tangerinas para ele. A árvore que plantou ainda não deu frutos, precisa corrigir a terra. Usar o adubo certo. Antigamente gostava só dos inícios, mas isso também já passou. Não deixa de ser uma sabedoria. Entende que ter pensamentos tristes não é tão terrível assim, pois eles a carregam para longe da sensatez.

Descobriu, entre outras coisas, que teria feito tudo do mesmo jeito. Teria embarcado no mesmo avião, morado nos mesmos lugares onde morou, subido no telhado com o mesmo menino que conheceu ao acaso, teria usado roupas pretas durante alguns anos, até achar que isso não significava mais nada, repelido alguns homens e se entregado a outros por uma escolha aleatória, que lhe fizeram bem em determinado momento, porque foram suas escolhas, suas e de mais ninguém.

Tinha só quinze anos quando deu um passo em falso, mas de certa forma isso também a moldou, e vieram as árvores e a fotografia. E o vazio era preenchido com amores passageiros, amigos temporários, interesseiros, divertidos, neuróticos, gente de toda espécie, e mesmo se escondendo e escolhendo viver a maior parte do tempo recolhida numa casa isolada, não conseguiu escapar desses encontros.

Talvez a vida seja assim mesmo, quando você descobre algo que parece importante, já é tarde demais. Quanto ao filho perdido, aceita esta perda, pois tem viva na memória que o filho nasceu e foi para o mundo, e o que mais pode desejar uma mãe para um filho que nasce?

É possível chegar sem avisar

Enquanto decide se vai ou não operar, recebe uma segunda visita. Uma mulher, com rosto vincado, mãos fortes de alguém que trabalha pesado, idade indefinida, como a sua, está agora ao seu lado. A mulher sorri, falta-lhe um molar, ainda assim, o sorriso é confiante. E você, como vai? Lembra de mim?

Ela reconhece a voz de outros tempos. Mas será? Ou é outro sonho? Ainda tem dentro dela uma quantidade de drogas suficiente para acreditar que Cida reencarnou naquela senhora bondosa que repete: Está melhor? Eu cuidava de vocês quando eram pequenos. Mas como ela soube?

A internet é uma coisa engraçada. Lá é possível achar qualquer coisa, diz Cida. Parece até um polvo, cheio de tentáculos. Juntando as histórias de tanta gente. É um mundo dentro de um mundo. E é melhor do que pagar esses falsos detetives que só querem nosso dinheiro.

Então ela conta que também teve um filho que foi levado. Nunca mais soube dele. Teve outros três, que já cresceram e estão por aí, espalhados. Ela também tem boas e más lembranças daquela época. Foi assim que descobriu o paradeiro de Fred. Estava procurando pelo filho e encontrou o nome de Fred, que alguém registrou como desaparecido. Outro tentáculo.

Sara conta que o irmão desapareceu da clínica onde vivia há dez anos. Cida tem boas notícias. Fred foi encontrado na mata, alguns dias depois de sua fuga, debaixo de uma árvore, sentado numa pedra lisa. Estava descalço e foi mandado para outra instituição. Perguntou por você.

Assim que ela vai embora, Sara lembra-se do dia de sua partida. Viu Celeste chegar, a barriga apontando debaixo do vestido. O mesmo carro alugado transportou as duas meninas.

No rastro da lua

Ela se levanta. Por alguns instantes, pensa em deixar um bilhete, mas decide sair sem falar com ninguém. Troca o avental pelo jaleco de um médico que roubou da enfermaria. Dá o endereço para o táxi. Encontra a chave do carro no mesmo lugar de sempre, em cima do pneu, à esquerda do motorista. Trouxe com ela alguns pacotes de biscoito e a pasta com as certidões. Confere os documentos, joga fora o baseado que encontra dentro do maço amarrotado. Não pretende ser parada por ninguém. Abastece mais uma vez. Tem reservado duas cartelas para dor. A prótese pode esperar. Vai resgatar o irmão. Fred vai gostar de bancar o detetive. Também vai gostar de usar a internet. Ela nunca vai saber o que acontecerá mais adiante, nem com ele, nem com ela. Mas está preparada.

A constelação mais rara

A J005311, também conhecida como estrela Zumbi, é uma estrela nascida de restos de duas estrelas mortas que se fundiram. O fenômeno reacendeu a fusão em seu núcleo e permitiu a retomada. É sempre possível recomeçar, mesmo que em outro corpo...

Ela está a dez mil anos-luz de distância, na constelação de Cassiópia. Ao analisar sua composição, os estudiosos perceberam que não havia hidrogênio ou hélio, geralmente presentes em uma anã branca. Esse é o nome dado à matéria remanescente, morta, deixada para trás no final da vida útil de uma estrela de massa solar.

As colisões das anãs brancas costumam gerar explosões estelares – chamadas de supernovas –, mas, nesse caso, a estrela foi reanimada e começou a queimar novamente. Ao longo de milhões de anos, as duas estrelas se aproximaram uma da outra, em uma espiral cada vez mais próxima, até que se uniram e se tornaram uma só.

FIM

DENISE CRISPUN

Escritora, autora teatral e roteirista. Vive no Rio de Janeiro, onde desenvolveu trabalhos para o teatro e a televisão. Formada em História, enveredou por diferentes formas de escrita. Tem mais de vinte peças – infantis e adultas – produzidas e encenadas no Rio de Janeiro, São Paulo, Belo Horizonte e Fortaleza. Publicou dez livros para crianças e um de ficção científica voltado ao público jovem. Na TV, escreveu programas educativos, seriados, desenhos animados e comédias. Foi colaboradora de novelas e é criadora de três séries de humor. Em 2022, lançou seu primeiro livro de contos, ***Furiosamente Calma***. Em 2023, os contos do livro foram apresentados na Flip, em Paraty, como uma performance teatral. Também em 2023, foi uma das vencedoras do concurso Maria Carolina de Jesus com o romance ***Constelações Hipócritas***, lançado no Rio de Janeiro em novembro de 2024.

EDIÇÃO
Adriana Maciel

PRODUÇÃO EDITORIAL
Jul

REVISÃO
Marcus Groza

PROJETO GRÁFICO
Dupla Design

FOTOS
Xico Chaves

IMAGEM DA CAPA
Ney Valle

Eu tenho um certo medo
de boas intenções
Março de 2024
Caneta sobre papel Canson
21 x 30 cm

C932c Crispun, Denise

Constelações hipócritas / Denise Crispun. – 2. ed
Rio de Janeiro: Numa Editora, 2025.

148 p. : il. ; 14cm x 21cm.

ISBN: 978-83546-07-4

1. Literatura brasileira. 2. Romance. I. Título.

2025-3006 CDD 869.8992301
CDU 821.134.3(81)-34

Elaborado por Vagner Rodolfo da Silva - CRB-8/9410

Índice para catálogo sistemático:
1. Literatura brasileira: Contos 869.8992301
2. Literatura brasileira: Contos 821.134.3(81)-34

contato@numaeditora.com
@numaeditora
numaeditora.com

Este livro foi composto em Museo Slab e impresso em papel Polén Natural 80g, para a Numa Editora, em 2024.